이상한
부엌의
마법사

어느 푸드 스토리텔러가
차리는 음식과 사람 이야기

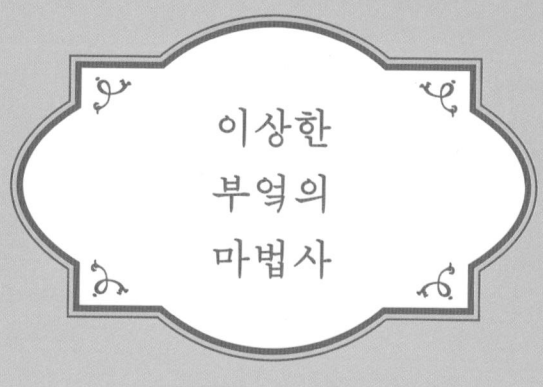

이상한
부엌의
마법사

김성환 지음

이밥지니

이상한 부엌의 마법사

어느 푸드 스토리텔러가 차리는 음식과 사람 이야기

1판 1쇄 2021년 2월 12일

지은이 김성환

펴낸곳 이매진 **펴낸이** 정철수

등록 2003년 5월 14일 제313-2003-0183호

주소 서울시 은평구 진관3로 15-45, 1018동 201호

전화 02-3141-1917

팩스 02-3141-0917

이메일 imaginepub@naver.com

블로그 blog.naver.com/imaginepub

인스타그램 @imagine_publish

ISBN 979-11-5531-121-9 (03810)

• 값은 뒤표지에 있습니다.

마법사의 바질

요즘은 요리하는 남자가 매력 있다고 합니다. 주위를 둘러보면 취미로 음식을 하는 남자들이 많습니다. 10여 년 전만 해도 찾아보기 쉽지 않은 모습이었습니다. 제 또래들은 어릴 때부터 '남자가 소꿉장난하면 고추 떨어진다'는 협박 아닌 협박을 받으며 자랐거든요. 과자나 샌드위치 등을 만들어서 주변 사람들에게 나눠주면, 덩치 커다란 남정네가 어쩌다 요리를 시작했느냐는 질문을 자주 받습니다.

여러 이유를 꼽을 수 있습니다. 가벼운 질문에는 여성 잡지 요리 기사를 따라하다가 그렇게 됐다고 짧게 답했습니다. 더 긴 이야깃거리가 필요할 때는 우연치 않게 들른 이탈리아식 레스토랑에서 맛본 환상의 티라미수와 그 맛을 재현하려다가 겪은 긴 여정을 각색해 들려줬죠. 그러나 가장 중요한 이유를 솔직하게 말할 기회는 많지 않았습니다. '마법에 걸려 요리를 시작했다'는 말을 믿을 사람은 별로 없을 테니까요. 어쩌다 가끔 진짜 이유를 털어놓아도 대부분 이렇게 반응했죠.

"마술이요? 주머니에서 비둘기 꺼내는 거?"

"게임 좋아하세요? 불덩이 던지고 번개 떨어트리는 마법?"

서양에는 진지하게 마법을 공부하는 사람들이 꽤 있습니다. 성경에 나오는 마법 이야기를 바탕으로 신비학을 깊이 파고들기도 하고, 고대 이집트에서 하던 주술을 연마하는 이들도 있죠. 제 경우는 고등학생 때 게임 전문 가게에 재고로 남아 있던 타로 카드가 모든 일의 시작이었습니다. 비디오 게임이나 보드 게임 등을 파는 가게였는데, 진열장 한구석에 놓인 타로 카드 한 벌이 이상하게 시선을 사로잡았습니다. 결국 오랫동안 용돈을 모아 사려고 벼르던 게임 대신 그 점치는 카드를 사 들고 왔죠. 가볍게 그날그날 운세나 보려고 시작한 카드 점을 깊이 파고드는 데에는 그리 오랜 시간이 걸리지 않았습니다.

처음에는 타로 카드에 딸린 영어 설명서를 사전 찾아가며 해석하는 정도였지만, 각각의 카드가 상징하는 의미나 카드 뒤에 숨은 배경 지식을 찾으면서 다른 마법 분야도 접할 수 있었습니다. 유대교와 구약 성경 신비주의인 '카발라', 숫자의 배치와 결합으로 신비한 힘을 이끌어낸다는 '수비학', 천사와 악마의 진정한 이름을 알아내는 데 온 힘을 쏟는 '에노키안', 인문학적 관점에서 마법을 풀어낸 '황금 가지', 앨리스터 크로울리와 프란츠 바돈을 비롯한 숱한 마법사들의 이야기까지. 어떤 분야는 아무리 봐도 황당무계한 소리라 전혀 공감하지 못했지만, 몇몇 분야는 과학적 근거는 없더라도 심신의 안정과 평화를 얻는 데 도움이 되겠다 싶었고, 간혹 실생활에서 써먹기 좋은 분야도 눈에 띄었습니다.

그중에서 가장 관심을 기울인 분야는 점성술과 약초를 이용한 주술이었습니다. 서양에서는 흔히 위치크래프트 또는 '위카 wicca'(남자 마녀)라고 부릅니다. 마녀의 주술이라는 이름 때문인지 처음 들을 때는 빗자루 타고 날아다니며 아이들을 납치하는 마귀할멈과 중세의 가혹한 마녀사냥이 떠오릅니다. 그러나 기성 종교에 얽매이지 않고 심리적 영적 문제의 해결책을 찾는 방편으로 보는 쪽이 더 타당합니다. 앞날이 불안할 때, 교회에 가서 기도하는 대신 집에서 향 피우고 카드를 뒤집는 쪽을 선택한 사람들이라고 할까요. 저도 타로 카드와 수정구 깔아놓고, 허브티 끓여 마시고, 부적 만들고, 향도 여러 가지 태워가며 다른 친구들보다 늦게 찾아온 질풍노도의 사춘기를 보냈죠.

그때는 한국에서 다양한 허브를 구하기가 어려웠습니다. 동네 꽃집이나 길거리 용달차에서 허브 화분을 팔지만, 사람들이 좋아하는 과일 향 나는 민트 종류만 있더군요. 씨앗이나 모종을 구해서 직접 기르기로 결심하고, 아파트 베란다에 허브 화분을 하나둘 늘려가기 시작했습니다. 초등학생 시절 관찰 일기를 쓰느라 강낭콩 기른 일이 전부인 원예 초보인데 실내 정원 가꾸기가 잘될 리가 없었죠. 애꿎은 허브 화분을 몇 개 죽이고 나서야 원예 동호회에 들어가 허브를 공부하면서 어설프게 위카 생활을 꾸려갈 수 있었습니다.

결정적으로 가치관을 바꿔놓은 허브는 바로 바질입니다. 동글동글한 타원형 이파리가 귀엽지만, 라틴어로 왕을 뜻하는 '바실리우스Basilius'가 어원일 정도로 옛날부터 중요하게 여긴

식물입니다. 이탈리아 국기를 구성하는 세 가지 색에서 바질이 녹색, 모차렐라가 흰색, 토마토가 빨간색을 맡을 정도로, 바질은 카프레제 샐러드나 마르게리타 피자처럼 이탈리아 느낌 물씬 풍기는 요리를 만들 때는 절대 빠질 수 없는 재료죠.

처음에는 바질 특유의 향기가 익숙하지 않아 선뜻 손이 가지 않았습니다. 주술적으로 바질은 나쁜 기운을 막고, 지갑이나 금고에 말린 바질 잎을 넣어두면 돈을 불러오는 부적도 되기 때문에, 화분 하나를 기르면서 가끔 뜯어서 위치크래프트에 사용하는 수준이었죠. 그래서 다른 허브들은 조금만 자라도 냉큼 잘라서 허브티를 끓이거나 방향제를 만들지만, 바질은 혼자서 웃자라고 있었습니다. 그러다가 허브 동호회 정모에서 이런 말을 들었습니다.

"이탈리아식 레스토랑에서 바질 한 줄기 얹어놓고 피자 가격을 두 배로 받아. 그런데도 손님이 끊이지 않는대."

그때는 감히 피자를 만들 생각은 못하고 시판용 스파게티와 토마토소스 위에 바질을 듬뿍 뜯어서 뿌려 먹었죠. 토마토와 바질이 만들어내는 환상적인 조화를 맛보고 새로운 세계에 눈을 뜹니다. 노란색과 파란색을 섞으면 초록색이 된다는 사실을 처음 알았을 때 받은 충격하고 비슷했죠. 토마토소스의 시고 짠 맛에 바질의 향이 살짝 덮인 정도인데도 완전히 새로운 풍미를 만드는 연금술의 기적을 두 눈으로 직접 보는 듯했어요. 그렇게 허브와 향신료, 요리에 관심을 갖기 시작했죠.

바질이 들어가는 요리를 할 때마다 지금까지 겪은 일들이

머리를 스칩니다. 미지의 영역을 향한 호기심이 나를 마법의 세계로 이끌었다면, 바질은 요리도 내가 살고 있는 세상을 넓혀줄 또 하나의 마법이라는 사실을 깨닫게 한 열쇠였으니까요. 싱싱한 바질 한 잎을 줄기에서 뗄 때의 감촉, 매끈하면서도 부드러운 잎사귀를 잘게 찢으면 훅 풍겨오는 상큼한 향기, 붉은 토마토소스 위에 뿌리면 더 선명해 보이는 신선한 녹색, 살짝 뿌려도 구리를 금으로 바꾸듯 향기를 더해 음식을 빛나게 만드는 미친 존재감까지. 이 모든 것이 하나로 모여서 마법 같은 한 접시의 요리를 만들고, 재료에 얽힌 추억들이 만찬에 초대받은 손님처럼 식탁으로 모여듭니다.

그리고 이렇게 또 다른 이야기가 시작됩니다.

차례

COURSE 1

비밀의
밥

나를 끌어올리는
티라미수

지금은 동네 카페나 제과점에서 티라미수를 쉽게 볼 수 있습니다. 1990년대 초 처음 나타난 티라미수는 크림치즈로 속을 채운 직사각형 모양 초콜릿입니다. 요즘 모습하고 많이 달랐죠. 속에 아무것도 안 든 밀크 초콜릿보다 고급스러운 과자였습니다. 그 뒤로 아이스크림이 티라미수라는 이름을 이어받아 나타났죠. 티라미수는 초콜릿이나 아이스크림의 한 종류라고 철석같이 믿던 1990년대 말, 진짜 티라미수를 접했습니다.

낯선 동네를 찾아간 이유는 기억나지 않습니다. 점칠 때 쓸 수정구를 사러 간 길인지, 아니면 식충 식물을 파는 화원을 찾아간 길인지, 흔치 않은 물건을 사러 가던 길은 분명합니다. 휴대폰도 없던 시절이라 연립 주택과 골목길 사이를 뱅뱅 돌았습니다. 구름 한 점 없는 한여름 무더위에 땀을 뻘뻘 흘리며 걷다 보니 금방 지쳤죠. 그러다 한 이탈리아식 레스토랑을 만납니다. 동화나 소설에 갑자기 등장하는 신비로운 식당이라고 해도 좋을 정도로 좁은 골목에 어울리지 않게 근사했습니다. 평소라면 학생 처지라 엄두도 못 낼 테지만, 어디든 들어가 쉬고 싶은 마음이 굴뚝같은데다 쇼핑하러 나와 지갑도 두둑하니까 큰마음 먹고 커다란 유리문을 열었죠. 하얀 테이블보와 깔끔하게 차려입은 종업원들, 곳곳에 놓인 화분들, 무엇보다도 물병 가득 담긴 얼음물 속 레몬 한 조각은 잘 모르는 눈으로 봐도 뭔가 다르다는 생각이 들었습니다.

메뉴판에 적힌 가격은 사악하지만 뛰쳐나갈 수준은 아니었습니다. 뭐가 뭔지 모르는 음식 이름을 두고 한참 고민하다가 한쪽 구석에 숨은 미트볼 스파게티를 발견했습니다. 배가 고픈 덕인지 음식이 나오자마자 금방 먹어치웠죠. 평소에 가던 이탈리아식 레스토랑 프랜차이즈보다 가격은 비싸도 훨씬 더 맛은 좋았죠. 불볕더위에 냉방 잘되는 가게에서 나가기가 망설여져 디저트 메뉴를 살펴보기 시작했습니다. 그리고 발견한 이름, 티라미수.

주문할 때만 해도 무엇이 나올지 예상도 못했습니다. 초콜릿 가루를 얹은 아이스크림을 생각했죠. 조금 뒤 테이블 위에는 넓적한 유리잔에 반쯤 녹은 듯한 하얀 덩어리가 놓였습니다. 군데군데 갈색 스펀지케이크인지 과자인지 모를 알갱이가 박혀 있고, 맨 위에는 적갈색 가루가 듬뿍 뿌려져 있었죠. 처음 '진짜' 티라미수를 본 순간이었습니다. 지금껏 보던 티라미수하고 동떨어진 모습이어서 반쯤은 호기심에 반쯤은 불신에 차 티스푼으로 한 숟가락 떠서 입에 넣었죠. 그리고 뒤이어 찾아온 천상의 맛. 너무 놀라 바로 전에 먹은 미트볼 스파게티의 맛이 머릿속에서 사라질 정도였으니까요.

그 뒤로 티라미수는 맛있는 음식의 동의어로 제 머릿속에 자리잡았습니다. 평생을 통틀어 몇 안 되는 충격적인 경험이었죠. 가게 이름이나 전화번호를 적을 생각도 못하고 집으로 돌아왔어요. 나중에 다시 그 동네를 갔지만 우연히 들어간 곳이라 찾을 수 없었습니다. 결국 인터넷이나 책에서 자료를 하나씩 찾아가며 그 맛을 재현하는 여행을 시작하게 됩니다. 이제 티라미수는 제가 가장 자주 만드는 요리의 하나가 됐죠. 만드는 방법은 어렵지 않지만 완성된 모습이 고급스러워 선물용이나 손님 접대용으로 쓸 일도 많기 때문입니다. 재료는 달걀, 생크림, 마스카포네 치즈, 레이디핑거 쿠키, 코코아 가루, 깔루아, 에스프레소입니다.

에스프레소를 뽑아서 깔루아를 섞습니다. 에스프레소는 4~6샷 정도 뽑고, 깔루아는 풍미를 살리는 정도로만 넣습니다. 미리 만들어서 냉장고에 넣어두면 크림을 만드는 동안 쓰기 좋게 미지근해집니다. 에스프레소 머신을 사기 전에는 스타벅스에 갔는데 에스프레소 6샷을 주문하면 종업원이 '카페인으로 무슨 짓을 하려고?' 하는 표정으로 쳐다보기도 했죠. 에스프레소는 티라미수 만드는 비용에서 큰 부분을 차지합니다.

저는 요즘 일리 캡슐머신을 쓰는데, 에스프레소 캡슐값만 6000원 넘게 들어요. 카페에서 사는 것보다 저렴해도 반자동 에스프레소 머신을 쓸 때보다 단가가 훅 올라간 셈이죠. 에스프레소 대신 커피를 진하게 타서 써도 되지만, 커피 맛이 크림 치즈 맛에 가립니다.

처음 티라미수를 만들 때 인스턴트커피를 진하게 타서 만들

1 레이디핑거 쿠키1봉지, 생크림 1컵(236밀리리터), 마스카포네 치즈 1컵, 설탕 1/4컵(60그램), 달걀 노른자 3개, 깔루아 약간을 준비합니다.

2 만들려는 케이크 크기에 맞춰 에스프레소를 4샷(120밀리리터) 또는 6샷(180밀리리터) 추출합니다. 커피믹스를 진하게 타거나 카페에서 사도 됩니다.

3 달걀 노른자를 중탕으로 가열하며 거품기로 젓습니다. 설탕 절반 분량을 조금씩 나눠 넣으며 젓다가 밝은색 크림이 되면 치즈에 섞습니다.

4 생크림에 남은 설탕을 섞어가며 단단하게 거품을 내고 마스카포네 혼합물에 섞습니다. 거품이 꺼지지 않게 칼로 자르듯 주걱을 세워 한 방향으로 섞습니다.

었다가 뭔가 빠진 듯한 기분이 들어 에스프레소를 직접 추출했죠. 주변에 스타벅스도 없고 가정용 에스프레소 머신은 존재도 모를 시절이어서 겨우 구한 것이 모카프레스. 멋들어진 콧수염 아저씨가 그려진 모카프레스에 열심히 커피 갈아 넣고 크레마 가득한 에스프레소를 뽑은 때 얼마나 뿌듯하던지 아직도 잊지 못합니다.

달걀노른자 3개를 천천히 중탕하면서 거품기로 젓습니다. 중간중간 설탕을 조금씩 넣으며 커스터드 크림을 만듭니다. 크림을 잠시 식힌 뒤 마스카포네 치즈를 넣고 다시 거품기로 돌립니다. 티라미수에 도전할 무렵 넘어야 했던 가장 큰 산은 바로 이 마스카포네 치즈였죠. 티라미수 가게 몇 군데를 돌아다녀도 예전 그 맛이 아니라 인터넷을 찾아보니 가게에서는 마스카포네 치즈보다 값싼 필라델피아 크림치즈를 쓴다더군요. 좀더 오래 두고 팔려고 젤라틴을 잔뜩 섞기도 한다니 같은 맛이 날 리가 없죠. 백화점과 식료품 상가를 돌아다니다가 결국 남대문 도깨비시장 지하에 있는 수입 식품 전문 상가까지 발걸음을 옮겼습니다.

"마스카포네 치즈 있어요?"

"그게 뭔데요?"

이런 문답을 계속 이어가다가 이제 포기하는 심정으로 마지막 가게에 들어갔습니다.

"마스카포네 치즈 있어요?"

"몇 통이나 필요한데요?"

1 커피를 살짝 적신 레이디핑거 쿠키를 보존 용기에 차곡차곡 깔고 마스카포네 크림을 골고루 덮
　어줍니다. 이 과정을 반복합니다.
2 차갑게 식힌 티라미수를 적당한 크기로 잘라 접시에 옮겨 담은 뒤, 카카오 가루를 체에 쳐서 골
　고루 뿌려줍니다.

냉장고 한쪽에 잠들어 있던 마스카포네가 모습을 드러낸 순간, 어둠이 끝나고 서광이 비치는 기분이었죠.

커스터드와 마스카포네가 잘 섞이면 단단하게 거품을 낸 생크림에 다시 섞습니다. 이탈리아 오리지널 레시피는 생크림을 넣지 않고 마스카포네만으로 만듭니다. 몇 번 만들어보니 생크림을 약간 섞어야 무거운 느낌이 가시더군요. 그렇다고 생크림이 너무 많으면 느끼해지니까 입맛에 맞게 조절해야 합니다.

레이디핑거 쿠키를 에스프레소에 적셔서 그릇에 깝니다. 그 위에 크림치즈를 덮고, 다시 쿠키를 깔고, 치즈를 덮습니다. 보통 2단을 많이 하는데, 케이크용으로 만들 때는 3단 이상으로 높게 쌓기도 합니다. 레이디핑거 쿠키는 수분을 아주 빨리 흡수하기 때문에 커피에 오래 담그면 금방 부서집니다. 살짝 담근 다음 꺼내어 크림치즈에 묻어두면 몇 시간 지나지 않아 부드러워집니다. 설탕이 많이 붙은 쿠키라서 티라미수를 만들 때는 추가로 들어가는 설탕 양을 아주 줄입니다. 커스터드 만들 때나 생크림 휘핑할 때처럼 꼭 필요할 때만 최소한으로 넣죠.

정통 오리지널 티라미수는 레이디핑거 쿠키하고 비슷한 '사보이아르디'라는 과자를 씁니다. 제과 장인이 안 팔려서 딱딱하게 굳은 사보이아르디 과자를 에스프레소에 적시다가 티라미수를 발명했다는 말도 있죠. 이 과자를 구하기가 힘들어서 스펀지케이크나 통밀 쿠키 가루를 뭉쳐서 쓰기도 하지만, 제대로 만드는 티라미수에는 빠질 수 없는 재료입니다.

용기에 차곡차곡 쌓은 티라미수를 서너 시간 냉장고에 넣어

완성된 티라미수. 취향에 따라 원형 틀을 써서 동그랗게 만들거나 유리잔에 담아냅니다. 냉동실에 넣어 살짝 얼린 뒤 커피나 홍차를 곁들여 먹으면 더 맛있습니다.

식힙니다. 크림이 단단하게 굳어지고 딱딱한 부분이 남은 레이디핑거 쿠키가 부드러워질 시간을 주죠. 이렇게 만든 티라미수를 사각형으로 잘라 접시에 담고 코코아 가루를 뿌립니다. 집에서 먹는다면 코코아 가루를 미리 뿌려도 괜찮지만, 자를 때 가루가 묻어나면서 단면이 지저분해지는 사태를 감수해야 합니다. 반드시 100퍼센트 카카오 가루여야 하는데, 설탕이 섞인 카카오 가루는 수분을 흡수하면서 얼룩덜룩한 무늬가 생길 수도 있기 때문이죠. 선물하려고 만든 티라미수 케이크를 냉장고에 넣었다가 다음날 꺼내니 얼룩이 생겨서 부랴부랴 다시 코코아 가루를 다시 뿌린 적이 있거든요.

접시에 묻은 코코아 가루를 닦아내면 완성. '나를 끌어올리다'라는 티라미수의 이름처럼 한입 먹으면 기분이 좋아집니다. 고소한 크림치즈와 커피 맛 나는 달달한 쿠키, 코코아 가루가 어우러지며 환상적인 하모니를 만들어냅니다. 다만 코코아 가루가 위로 오게 해서 먹다가 자칫하면 기침을 할 수 있으니 요령껏 가루가 혀나 입천장에 닿게 합니다. 오븐이 필요 없어서 손에 익으면 냉장고에서 식히는 시간을 빼고 이삼십 분만에 만들 수도 있습니다. 익숙해지면 실패할 확률도 거의 없죠.

거품 경제가 한창일 때 티라미수에 꽂힌 일본인들이 대유행을 만들었고, 본토 티라미수를 배우겠다며 많은 요리사들이 이탈리아로 날아갔답니다. 정작 이탈리아에서는 정통 요리법을 찾을 수 없었는데, 호텔 레스토랑에서 내는 고급 요리가 아니라 집에서 만드는 가정식 디저트에 가깝기 때문이었죠. 마스카포네, 사보이아르디, 에스프레소, 카카오 가루라는 4대 원소만 확인하고 돌아와서는 일본식 감성을 섞어 자기만의 티라미수를 만들었고, 그중 여럿이 한국으로 건너오면서 티라미수 붐을 일으켰습니다.

'몇 년만 기다리면 그 고생 안 하고 정통 티라미수를 먹을 수 있었을 텐데' 하고 생각했죠. 후회하지는 않습니다. 산 정상까지 케이블카를 탄 사람과 등산로를 따라 한 걸음 한 걸음 올라간 사람이 보는 풍경은, 같지만 다르다는 걸 아니까요.

최고의 아이스크림을
만드는 방법

유치원 다닐 무렵을 떠올리기란 쉽지 않습니다. 그런데 저는 수십 년 지난 지금도 현장 학습을 간 어느 날이 생생하게 떠오릅니다. 현장 학습이라지만 특별하지 않았습니다. 유치원 주변 지하상가를 줄지어 걸어 다니면서 구경하는 정도였으니까요. 그날을 특별히 기억하는 이유는 따로 있습니다. 선생님이 일정을 설명하면서 한 말 때문이었죠.

"중간에 쉬는 시간에 아이스크림을 먹을 거예요."

아이스크림. 커다란 고깔 모양 과자에 듬뿍 담긴, 하얗고 부드러우면서도 달콤한 소프트아이스크림은 떠올리기만 해도 행복해지는 마법의 음식이었습니다. 놀이공원 갈 때나 맛보던 아이스크림을 오늘 먹는다니!

옷가게나 문구점이 눈에 들어올 리 없죠. 가게 하나 지나칠 때마다 줄에서 빠져나와 선생님을 귀찮게 했습니다.

"선생님, 아이스크림 언제 먹어요?"

마침내 지하상가 광장에 놓인 동그란 탁자에 옹기종기 모여 앉아 들뜬 마음을 추스르며 아이스크림을 기다리던 순간, 검은색 비닐봉지를 들고 오는 선생님이 보였습니다. 뭔가 잘

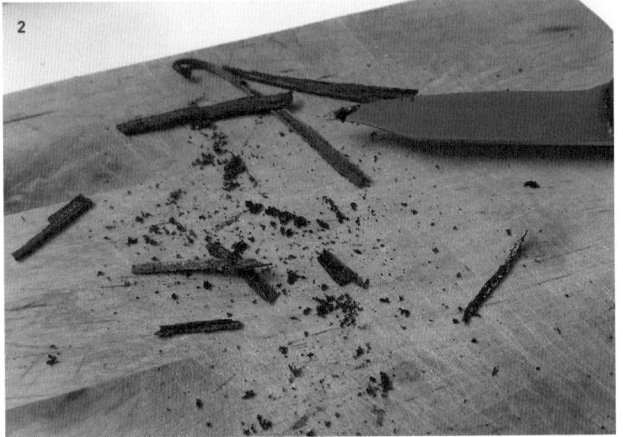

1 우유 1컵(236밀리리터), 생크림 1컵, 달걀노른자 2개, 설탕 1/2컵(120그램), 바닐라빈 1개, 소금 약
간을 준비합니다. 바닐라 아이스크림과 초코 아이스크림을 함께 만들 예정이라서 사진에는 재료
가 두 배입니다.

2 바닐라빈을 반으로 갈라 씨앗을 긁어냅니다.

못됐다는 느낌이 들었습니다. 소프트아이스크림은 비닐봉지에 담을 수 없으니까요.

캔디바가 싫지는 않았습니다. 그러나 크리스마스이브에 케이크 사 온다고 약속한 아빠가 건넨 상자를 여니 카스텔라가 나오면 실망하게 마련이죠. 선생님은 제 마음도 모르고 친절하게 물었고요.

"아이스크림 먹으니 좋으니? 맛있어?"

어른들에게 아이스크림과 아이스바의 차이가 그렇게 중요하지 않다는 사실을 이제는 알고 있습니다. 그렇지만 여전히 제 마음속에는 캔디바를 손에 들고 울먹거리던 어릴 적 어린아이가 있습니다. 아이스크림을 만들 때면 항상 어릴 적 내 모습이 떠오릅니다. 애증의 아이스크림.

재료로 우유, 크림, 설탕, 소금, 달걀, 바닐라빈이 들어갑니다. 바닐라빈을 반으로 갈라 씨앗을 긁어냅니다. 빵집에서 쓰는 바닐라 에센스를 몇 방울 떨어뜨리면 편하고 값도 싸지만 맛의 깊이가 다릅니다. 바닐라에서 뽑은 향이 아니라 화학적으로 합성한 바닐라 에센스도 많으니까요. 바닐라 꼬투리를 매번 손질하기 귀찮을 때는 설탕 속에 묻어 바닐라 설탕을 만들어 쓰기도 합니다. 그렇지만 바닐라를 가르면 온 집 안에 퍼지는 달콤한 냄새가 좋아서 저는 귀찮아도 칼로 긁어냅니다. 진짜 바닐라 씨앗을 넣은 아이스크림은 조그만 검은 가루가 촘촘히 박혀 있습니다. 그런 아이스크림을 보면 먹기 전부터 기분이 좋아지죠.

1 준비된 설탕의 절반과 노른자를 섞어 거품기로 저어가며 크림을 만듭니다. 나머지 설탕 절반은 우유와 생크림, 바닐라빈하고 함께 끓입니다.

2 사바용과 크림을 섞은 아이스크림 원료. '크렘 앙글레즈'라고 부르기도 합니다. 거품을 잔뜩 내어 걸쭉해야 하고, 차갑게 식힌 뒤 이것만 먹어도 맛있으면 됩니다.

달걀은 노른자만 나눠 준비한 설탕을 절반만 넣고 거품기로 젓습니다. 흰자는 따로 모아서 나중에 머랭 쿠키로 만들면 좋습니다. 노른자에 하얗게 거품이 올라오다가 크림처럼 걸쭉해지면 준비 완료. 코냑이나 럼 등을 조금 넣어서 깊은 맛을 낼 수도 있습니다. 노른자에 거품을 내서 크림처럼 만든 상태를 '사바용'이라고 하죠. 설탕이 들어간 사바용은 디저트 만들 때 자주 쓰는 단골 재료입니다. 이탈리아에서는 이 따뜻하고 달달한 노른자 크림을 '자바이오네Zabaglione'라고 부르며 그대로 먹거나 과일에 얹어 먹는 디저트로 활용하기도 합니다. 반면에 식초를 넣어 만든 사바용은 홀랜다이즈 소스를 만들 때 써서 유명하죠.

우유와 생크림을 일대일로 섞고 바닐라빈 씨앗과 꼬투리, 남은 설탕을 다 넣고 끓을락 말락 할 때까지 가열합니다. 너무 오래 끓이면 넘치거나 우유 비린내가 나고, 노른자 크림에 섞을 때 노른자가 익어버립니다. 김이 오르고 거품이 조금씩 올라오면 불에서 내리고, 거름망에 한 번 거른 뒤 한 국자씩 퍼 노른자 크림에 넣어 섞습니다. 귀찮다고 한꺼번에 왕창 섞으면 달달한 계란탕이 됩니다. 뭐든 제대로 하려면 조금씩 천천히 해야 하는 법이죠. 다 섞으면 중약불 위에 올려서 살살 끓이면서 거품기로 계속 젓습니다. 노른자가 완전히 익지는 않으면서도 점성이 생겨서 거품을 꺼지지 않게 유지하는데, 조금 걸쭉해질 때까지 저어야 더 부드러운 아이스크림이 됩니다. 다 된 아이스크림 원료는 냉장고에 서너 시간 정도 넣어서 식힙니다.

1 컴프레셔가 들어 있는 아이스크림 제조기. 집에서 제대로 된 아이스크림을 만들고 싶은 부엌의
마법사에게는 필수품입니다.

2 원료를 넣고 30분에서 1시간 정도 돌리면 부풀어오르면서 소프트아이스크림이 완성됩니다.

차가운 원료를 기계에 넣고 30분에서 한 시간 정도 돌리면 아이스크림이 완성됩니다. 이 기계를 살 때까지 아이스크림 만들기는 장대한 삽질의 역사였죠. 〈집에서 아이스크림 만드는 법〉이라는 잡지 기사를 읽고 나서 처음 아이스크림을 만들었죠. 생크림과 우유와 설탕을 섞은 다음 냉동실에 얼리면서 자주 꺼내 포크로 긁으면 된다던데……. 밤을 새며 냉장고를 괴롭힌 결과물은 그냥 우유 빙수. 얼음에 굵은 소금을 뿌리고 그 위에 보울을 얹어서 우유를 붓고 계속 저으면 된다고 했는데, 결과물은 밀크셰이크. 큰마음 먹고 산 냉매형 아이스크림 기계는 밥솥만 한 냉매 통을 냉동실에 이틀 동안 얼려야 하는 수고는 둘째치고, 완성품이 30분만 지나면 녹기 때문에 '2프로' 부족했죠. 자체 냉동 기능을 갖춘 기계를 사고서야 고난의 행군은 막을 내립니다.

아이스크림 원료는 얼면서 부피가 점점 늘어납니다. 얼음이 사각거리는 식감이 아니라 부드럽고 쫀득쫀득한 아이스크림은 기계를 안 쓰면 만들기 어렵더군요. 우유 속 수분을 아주 작은 얼음 알갱이로 얼리는 게 관건인데, 유지방과 당분을 섞어 계속 냉각하면서 저어야 하거든요. 얼음 알갱이에 지방과 자당이 들러붙으면서 큰 얼음이 얼지 못하게 막고, 작은 얼음 알갱이 사이로 공기층이 생기면서 아이스크림 특유의 식감이 됩니다. 이 미묘한 차이에 따라 우유 얼음과 우유 빙수와 밀크셰이크와 소프트아이스크림과 하드 아이스크림이 나뉘죠.

이런 사소한 차이까지 신경쓰는 모습이 이상해 보일 수 있

1 아이스크림이 부드러울 때 짤주머니에 넣고 콘 과자에 짜서 소프트아이스크림을 즐기는 시간도
빼놓을 수 없는 재미입니다.

2 나머지 아이스크림을 플라스틱 컨테이너에 채워 넣고 냉동실에서 마저 얼리면 오래 두고 먹을 수
있는 하드 아이스크림이 됩니다.

습니다. 기계로 30분만에 만드는 아이스크림을 손에 넣기까지 유치원을 졸업하고 30년이 걸렸습니다. 이런 깐깐함은 당연하죠. 냉동실에 넣어서 완전히 굳히기 전에 한 주걱 떠서 짤주머니에 넣고 짜 콘 아이스크림을 만듭니다. 누가 처음 과자로 만든 고깔에 아이스크림을 넣어서 먹었는지를 둘러싸고 여러 이야기가 있지만, 1904년 세인트루이스 박람회 기원설이 가장 유명합니다. 날이 더워 아이스크림이 불티나게 팔리면서 종이 접시가 다 떨어진 거죠. 아이스크림 장수 옆에는 더운 날씨 탓에 파리만 날리는 와플 부스가 있었습니다. 두 사람이 궁리한 끝에 접시 대신 와플을 말아서 아이스크림 그릇으로 써서 대박을 쳤다죠. 실수와 실패를 극복하고 태어난 음식에 얽힌 이야기는 항상 매력적입니다.

아이스크림 기계에서 갓 나온 소프트아이스크림은 통에 담아 냉동실에 넣고 반나절에서 하루 정도 완전히 얼립니다. 아이스크림은 영하에서 보관만 잘하면 유통 기한 없이 계속 먹을 수 있죠. 한 통 가득 만들어도 며칠이면 다 없어지기 때문에 굳이 유통 기한을 따질 필요가 없기도 하고요.

바닐라 아이스크림만 계속 먹으면 질리기 쉬우니까 코코아 가루와 초콜릿 소스를 섞은 초코 아이스크림도 만들어서 함께 얼립니다. 이렇게 소프트아이스크림을 단단하게 얼리면 우리가 슈퍼마켓이나 아이스크림 전문점에서 흔히 보는 하드 아이스크림이 됩니다. 하드 아이스크림을 아이스크림 주걱으로 뜰 때면 가끔 상상합니다. '유치원 현장학습 때 캔디바가 아니

아이스크림을 접시에 담아 내놓을 때는 견과류, 과자, 초콜릿 등을 깔아 녹거나 미끄러지지 않게 해야 합니다. 뜨거운 물에 담가둔 숟가락으로 부드럽게 떠내는 커넬은 제대로 만든 아이스크림 한 접시의 대미를 장식합니다.

라 구구콘이나 월드콘을 받았다면 어땠을까?' 반쯤 굳은 상태의 소프트아이스크림과 단단히 얼린 하드 아이스크림은 식감이 많이 다르니까 결국 실망했겠죠.

다 만든 아이스크림을 한 스쿱씩 뜨면 끝. 레스토랑을 가면 아이스크림을 타원형 모양으로 떠서 주기도 합니다. 커넬quenelle이라고 하는데, 프랑스 리옹 지방에서 고기나 생선을 럭비공 모양으로 조리한 메뉴를 가리키는 말로 쓰이다가 지금은 그런 모양으로 뜬 음식을 통틀어서 부르는 이름이 됐습니다. 숟가락을 앞쪽으로 밀어내다가 반대 방향으로 돌려서 타원형으로 긁으면 됩니다. 말로는 쉬운데, 막상 예쁜 커넬을 만들려면 연습을 해야 합니다. 촘촘히 박힌 바닐라 씨앗이나 매끄러운 곡선의 커넬을 보면 레스토랑의 수준을 가늠할 수 있죠. 접시에 그냥 올리면 아이스크림이 빨리 녹기 때문에 먼저 호두와 아몬드 조각을 뿌립니다. 포크 위에 코코아 가루와 슈가파우더를 뿌려서 모양을 내도 은근 재미있네요.

아이스크림은 동서고금을 막론하고 많은 사람이 즐겼습니다. 알렉산더 대왕과 네로 황제가 알프스 산맥의 만년설에 우유랑 꿀을 섞어 먹었고, 고대 중국에서는 물소젖을 얼려 먹었다죠. 같은 우유도 얼리면서 조금 저어주면 우유 얼음 대신 부드러운 아이스크림이 됩니다. 조그만 차이가 큰 변화를 가져오는 법이니까요.

직접 만든 아이스크림을 먹을 때마다 음식에 얽힌 추억과 경험이 얼마나 강력한 요리 재료인지를 실감합니다. '음식은 과거를 회상하게 만들면서 몸과 문화를 이어주는 가교가 된다'는 말도 있으니까요. 집에서 직접 만든 아이스크림은 셰프나 아이스크림 장인이 만든 디저트보다 객관적으로 맛이 떨어집니다. 그 어떤 아이스크림도 심지어 고대 제국 황제들이 먹던 아이스크림도 이 맛에 견줄 수는 없습니다. 세상에서 오직 나 혼자만 맛볼 수 있는 풍미, 어릴 적 추억과 숱한 실패를 딛고 얻은 승리의 맛이 깃들어 있기 때문이죠.

달고나와
뻥탕후루

무협 소설을 읽으면 탕후루糖葫蘆라는 간식이 자주 나옵니다. 주인공이 길거리를 걷다가 어릴 적 추억을 떠올리며 탕후루를 사먹거나, 꾀죄죄한 거지 아이에게 탕후루를 사줍니다. 나무 열매를 달달하게 졸여 꼬치에 꿴 음식으로, 요즘으로 치면 길거리 분식집의 컵떡볶이나 피카츄 돈가스에 견줄 만하죠. 여러 가지 재료로 만들 수 있지만, 둥그렇고 빨간 산사나무 열매가 오리지널입니다. 옛날 중국 황제가 총애하던 후궁이 병에 걸려 백약이 무효하던 중 떠돌이 의원이 내린 처방을 따라 산사나무 열매에 붉은 설탕을 넣고 졸여 식사하기 전에 복용하니 병이 씻은 듯 나은 데서 비롯됐거든요. 산사나무 열매는 구하기 힘든 건 둘째 치고 요즘 과일보다 맛이 없어서 구하기 쉽고 더 맛있는 과일들로 만듭니다.

어떤 과일을 써도 되지만 껍질째 먹는 과일이 더 오래가는 듯합니다. 키위, 멜론, 바나나로 만들 수도 있는데 설탕이 묻으면 물이 생겨 금방 녹아버립니다. 오래 버틸 수 있고 색깔도 예쁜 청포도, 블루베리, 귤, 딸기를 주로 씁니다. 딸기는 꼭지를 자르고, 귤은 껍질 벗겨 한 조각씩 나눠놓고, 포도는 송이

1 기다란 나무 꼬치에 과일을 예쁘게 꽂습니다.

2 끓는 설탕을 끼얹거나 꼬치를 담궈서 설탕 코팅을 합니다. 설탕이 튀어 화상을 입지 않게 주의해
야 합니다.

3 설탕을 코팅한 꼬치는 거꾸로 매달거나 스티로폼 등에 비스듬하게 꽂아 굳을 때까지 기다립니다.

에서 떼어 블루베리하고 함께 깨끗하게 씻습니다. 키친타월 등
으로 물기를 바짝 말린 다음 나무 꼬치에 꿰ㅂ니다.

설탕 두 국자, 물엿이나 올리고당 두 국자, 물 두 국자를 넣
고 끓입니다. 설탕이 결정으로 바뀌는 120도까지 가열해야 합
니다. 중간불로 끓이다가 설탕이 다 녹으면 불을 줄이고 온도
를 맞춥니다. 불이 지나치게 강하면 순식간에 타버릴 수 있습
니다. 그렇다고 너무 저온에서 끓이다가 목표 온도에 도달하지
않으면 나중에 식혀도 굳지 않고 흘러내립니다. 말은 쉽지만
하기는 어려운, '넘치지도 모자라지도 않는' 온도가 중요하죠.
자주 만들다보면 거품이 올라오는 모양만 보고도 온도를 알
수 있다는데, 아직 그런 기술은 없으니 젓가락으로 콕 찍어서
찬물에 한 방울 떨어트려 곧바로 딱딱하게 굳는지 확인합니다.

끓인 설탕을 과일에 코팅하는 방법도 여러 가지인데, 대량
생산을 할 때는 커다란 통 가득히 설탕을 녹인 다음 푹 담가
빼서 말리면 됩니다. 집에서 만들 때는 설탕을 조금만 녹여서
국자나 커다란 숟가락으로 끼얹습니다. 과일 꼬치가 길지 않
다면 녹은 설탕이 담긴 팬을 기울인 다음 끝부분이 살짝 닿게
해서 꼬치를 한 바퀴 돌립니다. 설탕이 식으면 너무 두껍게 코
팅이 돼 나중에 깨물어 먹을 때 잘 부서지지 않을 뿐더러 깨진
단면이 날카로워서 위험할 수도 있으니, 중간중간 다시 녹여가
며 설탕을 바릅니다. 너무 타서 갈색이 되지 않게 적정 온도가
되면 바로 약불로 줄이고 식기 전에 재빨리 묻히는 게 얇고 투
명하고 바삭하게 코팅하는 비결이죠.

설탕을 묻힌 과일 꼬치는 다 굳을 때까지 잠깐 매달아둡니다. 줄줄이 매달린 알록달록한 과일들을 보니 탕후루를 처음 본 때가 떠오르네요. 대학교에 들어가고 나서 넓은 세상 보겠다고 난생처음 해외여행을 결심하지만, 포부에 어울리지 않는 빈약한 예산 탓으로 초특가 베이징 여행 패키지를 선택했죠. 그나마 베이징 올림픽 전이라 물가도 싸고 미세 먼지 걱정도 없었습니다. 부푼 마음으로 가이드 깃발을 따라 만리장성과 자금성 등을 구경했죠. 왕푸징 거리에 즐비한 포장마차가 특히 눈길을 사로잡았습니다. 각양각색의 노점과 손수레에서 많은 먹거리를 팔고 있었죠. 다리 달린 건 책상, 날개 달린 건 비행기 빼고 다 먹는다는 중국 식문화를 실감했습니다.

설탕 바른 과일 꼬치를 줄에 주렁주렁 매달거나 스티로폼 박스처럼 생긴 진열대에 잔뜩 꽂아놓고 팔고 있더군요. '아, 저게 바로 소설책에 나오는 탕후루구나.' 그때 탕후루를 먹어야 했는데, 객기를 부려 왕굼벵이 꼬치를 선택했죠. 먹음직스러운 닭꼬치, 양꼬치, 버블티, 꽈배기 등을 다 제치고 전갈, 불가사리, 거미 등을 구워 파는 노점 앞에 섰습니다.

"외국에 왔는데 한국에서 구경하기 힘든 걸 먹어야지!"

호기롭게 외쳤지만 막상 전갈이나 거미를 입에 넣을 용기는 없었죠. 그나마 많이 먹어본 번데기하고 비슷한 왕굼벵이를 주문했습니다. 어른 엄지손가락만 한 갈색 굼벵이 다섯 마리를 길쭉한 나무 꼬치에 꿰는 데까지는 좋았는데, 죽은 듯하던 굼벵이들이 불에 닿으니 꿈틀거리다가 껍질이 퍽퍽 터지면서 푸

르딩딩한 속살이 삐져나오는 모습에 식은땀이 절로 흐르더군요. 겉보기는 저래도 맛은 괜찮지 않을까 싶어 용기를 내서 한 마리를 입에 넣었죠. 껍질은 미끌거리는 비닐을 씹는 듯했습니다. 뭔가 잘못됐다는 느낌이 강하게 들었습니다. 껍질을 겨우 넘기니 믹서로 곱게 간 죽 같은 내용물이 터져 나왔습니다. 최선을 다해 입 속에 남은 굼벵이의 잔해를 목구멍으로 넘기기까지는 성공했지만, 꼬치에 꿰여서 꿈틀거리는 나머지 네 마리를 먹을 용기는 나지 않았네요. 굼벵이는 고소한 번데기 맛하고 거리가 멀었습니다.

뒷맛이 안 좋은 이유는 또 있었죠. 아주머니가 한 개 5위안이라고 해놓고 막상 돈을 주니까 굼벵이 한 개당 5위안이라며 거스름돈을 안 주는 겁니다. '새우 38위안(7000원)'이라고 써놓고 한 접시 먹으면 '한 마리당 38위안이고 한 접시에 1500위안(28만 원)'이라며 바가지를 씌운 중국 관광지 식당도 있다던데, 그런 곳보다는 낫다고 위안합니다. 인생 최초로 간 해외여행에서 인생 최초로 겪은 사기는 입안에서 꿈틀거리며 터지는 왕굼벵이의 맛만큼 씁쓸했습니다. 그때 탕후루를 먹었다면 그 오색찬란한 색깔만큼 좋은 추억이 남았을까요.

다 만든 탕후루. 설탕 코팅이 얼음 같다고 해서, 혹은 설탕물이 녹지 않는 겨울에만 판다고 해서 얼음 빙자를 붙여 뼹탕후루라고 부르기도 합니다. 설탕 뿌린 과일 맛이지만 그냥 설탕이 아니라 결정화된 사탕 코팅이 바삭바삭 깨지면서 과즙이 나오는 느낌은 전혀 다릅니다. 음식에서 식감이 엄청나게 중요

다 굳은 탕후루는 과일 물이 나와서 녹기 전에 먹어야 합니다. 한 입 깨물면 얇은 설탕 코팅이 기분 좋게 깨지며 부드러운 과육과 과즙이 터져 나옵니다.

하다는 점을 생각하면 탕후루를 설탕절임과 동급으로 취급하는 일은 부당하겠죠.

한국에서는 쉽게 맛볼 수 없는 이국적인 간식이지만, 먹다 보면 왠지 어릴 적 추억이 떠오릅니다. 캐러멜화해서 바삭하게 태운 설탕의 맛이 어릴 때 먹은 달고나하고 비슷하거든요. 색색깔의 탕후루가 주렁주렁 매달린 모습은 베이징 왕푸징 거리를 생각나게 하다가도, 정작 한 입 깨물면 초등학교 교문 옆에 트램플린(동네에 따라서는 퐁퐁 또는 방방) 하나 놓고 달고나(뽑기)를 만들어 파는 할아버지 앞으로 순간 이동합니다.

직직 늘어지는 카세트테이프에서 흘러나오는 만화 영화 주제가를 배경 음악 삼아 한참을 붕붕 뛰어놀다가 한숨 돌리면서 할아버지 앞에 쪼그리고 앉아 비행기며 별 모양을 따라 쪼개 먹던 달고나의 맛. 연이어 실패해서 울상을 지으며 50원을 달라고 하면, 어머니는 뭘 그런 걸 돈 주고 사 먹냐 하시며 국자에 기름 바르고 설탕에 베이킹 소다 섞어 불에 달구던 기억도 떠오릅니다. 집에는 찍는 틀이 없으니까 되는대로 기름종이 위에 부어서 식혔는데, 색이나 모양 때문에 '똥과자'라고 불렀죠. 이상하게도 국자 휘젓던 젓가락에 붙은 찌꺼기가 가장 맛있었던 기억이 납니다. 똥과자 붙은 젓가락 쪽쪽 빨며 집을 나서면 세상 무엇도 부럽지 않은 시절이었죠.

탕후루를 먹다 보면 추억이 떠오르는데, 입맛이 바뀐 건지 더 맛있는 걸 많이 먹어서 그런지 생각처럼 맛있지는 않습니다. 어릴 적에는 세상 둘도 없이 맛있는 음식이었고, 또래들이

선망하는 눈으로 바라보는 핫한 아이템이었지만, 이제는 혈당
수치 걱정하게 만드는 흉악범으로 변한 이유는 무엇일까요.
아마도 어떤 음식은 추억을 보정받아 더 맛있게 느껴지지만,
어떤 음식은 세월이 지나며 내가 변한 사실을 깨닫게 하기 때
문일 겁니다.

"어렸을 때 뻥탕후루를 무척 좋아했어요. 달콤하고 바삭
바삭해서 가끔씩 먹으면 색다른 기분이 드는 게 아주 맛
있었거든요. 아버지께서는 더럽다며 못 먹게 하셨지만 그
럴수록 그 맛을 잊을 수가 없어서 마치 세상에서 제일 맛
있는 것처럼 느껴졌어요. 평소에 늘 먹는 연꽃떡도 좋았
지만 빙탕후루가 최고였어요.
그러던 어느 날 마침내 빙탕후루를 먹을 수 있게 되었죠.
그때 제가 어땠을까요, 십황자 님? 실망했어요. 완전히
실망했죠! 한순간, 이건 먹을 게 못 된다, 연꽃떡보다 맛
이 없다는 생각이 들었어요. …… 나이를 먹으면서 입맛
도 변했다는 것을 모른 채 지난날의 기억을 고집스럽게
붙잡고 있었던 거예요. 저 자신의 기억에 속고 있다는 것
을 몰랐던 거지요."

— 동화 지음, 전정은 옮김, 《보보경심》, 파란썸, 2013

날아다니는 스파게티 괴물과
미트볼 스파게티

사람은 이해하지 못하는 현상에 공포를 느끼기 마련입니다. 어떻게든 해석할 방법을 찾아내죠. 과거에는 종교로 공포를 극복했지만 시간이 지날수록 과학과 이성이 그 자리를 떠맡게 됐습니다. 그러다 보니 어떤 사안을 놓고 신앙과 과학적 설명이 자주 충돌합니다. 그중 하나가 인류의 기원이죠. 진화론이 승리한 지금도 만물의 영장인 사람은 뭔가 달라야 한다는 소망 때문인지 신이 인류를 창조했다는 주장이 꾸준히 호응을 얻고 있습니다. 창조설이라는 말이 고리타분한 이미지가 강한 탓인지 요즘은 과학적 '분위기'가 나는 창조과학이나 지적 설계론이라는 단어를 쓰죠. 천사의 존재를 믿는 성인 비율이 1위인 나라답게 미국에는 지적 설계론을 믿는 사람이 많아, 학교에서 지적 설계론을 정식으로 가르치라는 요구도 빗발칩니다.

어떤 물리학자는 반발합니다. "사람들이 믿는다는 이유만으로 학교에서 뭔가를 가르쳐야 한다면, 날아다니는 스파게티 괴물 같은 허황된 것도 정규 교육 과정에 포함해야 한다는 말인가?" 그렇게 위대한 역사가 시작됩니다. '하늘을 나는 스파게티 괴물Flying Spaghetti Monster·FSM'을 믿는 사람이 폭증했죠.

돼지고기 다짐육 450그램, 소고기 다짐육 450그램, 우유 1/2컵, 빵가루 1/2컵, 달걀 2개, 파르메산 치즈 1/2컵을 섞어 미트볼 반죽을 만듭니다. 녹색 통에 든 가루 치즈보다 덩어리 치즈를 갈아서 쓰면 좋습니다.

스파게티 괴물님을 영접할 준비를 합시다. 스파게티도 종류가 많은데, 스파게티 괴물은 커다란 미트볼 두 개에 많은 면발을 휘날리는 모습으로 묘사됩니다. 고증에 따라 미트볼 만들 고기를 갑니다.

고기 가는 기계는 값도 싸고 어떤 부위든 마음대로 분쇄할 수 있기 때문에 요리 좀 하는 사람들은 많이 씁니다. 수동 그라인더는 3~4만 원, 전동 그라인더는 10만 원 안팎입니다. 저는 반죽기에 액세서리로 딸린 그라인더를 쓰지만요.

소고기와 돼지고기를 반반씩 섞는데, 한 번만 갈면 입자가 살짝 거칠고 고기가 잘 안 섞일 수 있으니 섞어서 한 번 더 갑니다. 정육점에서 미트볼 만들게 갈아달라고 해도 되고요. 가까운 정육점도 없고 고기 가는 기계도 없다면 전통 방식으로 만들어야 합니다. 고기를 칼로 일일이 다지는 거죠. 그라인더가 발명되기 전에는 다들 이렇게 했는데, 손이 많이 가는 만큼 부드럽게 간 고기로 만든 요리가 귀한 대접을 받았습니다.

간 고기에 빵가루, 달걀, 파르메산 치즈, 우유를 넣고 섞습니다. 미트로프하고 비슷한 조합이네요. 이 부재료들을 미트로프에 넣으면 고기 양을 불리고, 미트볼에 넣으면 맛과 식감을 부드럽게 합니다. 다른 점은 미트로프보다 미트볼에 빵가루나 우유가 훨씬 적게 들어가죠. 레시피에 따라 양파를 갈아 넣기도 하는데, 껍질이 모양을 잡아주는 소시지하고 달리 반죽이 쉽게 부스러질 수 있습니다. 그래서 양파를 볶아 물기를 날리거나 양파 가루를 넣기도 합니다.

평범한 미트볼을 이탈리아식 미트볼로 업그레이드하려면 허브를 듬뿍 넣어야 합니다.

미트볼은 레시피가 다양합니다. 고기만 뭉치는가 하면 향신료에 견과류까지 섞기도 하죠. 레시피에 맞춰 재료를 준비하면 잘 섞어서 찰기가 생길 때까지 치대며 반죽합니다. 대량 생산을 하는 시판 미트볼하고 맛의 차이가 이런 데서 비롯됩니다. 공장제 미트볼은 번거롭게 치대는 대신 젤라틴을 써서 찰기를 보강하기도 하죠.

평범한 미트볼이라면 여기서 끝내도 되지만, 이탈리아식 미트볼을 만들려면 재료를 더 넣어야 합니다. 싱싱한 파슬리 잎을 잘게 잘라 듬뿍 넣고 이탈리아식 시즈닝을 팍팍 뿌립니다. 이탈리아 요리를 만들 때 주로 쓰는 허브들을 모아서 이탈리아식 시즈닝이라고 부르는데 보통 오레가노, 마조람, 타임, 바질, 로즈마리, 세이지가 들어갑니다. 미트볼만 먹으면 낯선 향이 강하지만 토마토소스하고 섞이면 효과가 엄청나죠. 강한 산미의 토마토와 허브향이 어우러져 새로운 맛을 만듭니다.

서로 다른 두 재료가 섞여 새로운 경지를 열 때면 요리도 연금술이 아닐까 생각합니다. 흔히 연금술은 납을 금으로 바꾼다고 허풍을 쳐서 왕과 영주들에게 돈을 받아 내던 사기꾼들의 수단으로 여겨집니다. 알고 보니 인간의 영혼과 지혜를 물질계에 대입시켜 금속의 불순물을 제거해 타락한 마음을 정화하고 정신을 바꾸는 철학적이고 신학적인 기술이더군요. 불노불사의 만병통치약이 목적이 아니라 자연의 이치와 음양의 조화를 기둥으로 정신을 단련하는 도교의 연단술도 비슷합니다.

잡다한 지식을 활용하는 위치크래프트에서도 여러 동식물

비슷한 크기로 만들어야 어떤 덩이는 설익고 어떤 덩이는 너무 익는 불상사를 막을 수 있습니다.

로 약을 만들고 주술을 겁니다. 아이를 잡아먹는다는 마녀에 관한 인식 때문에 수상쩍은 뭔가가 끓는 가마솥이라는 부정적 이미지로 변질되기도 하지만요. 약효 있는 허브티 우리기나 약탕기에 한약 달이기는 다를 게 없는데 말이죠. 게다가 허브라는 단어가 사람에게 유용한 식물을 일컫는 말이다 보니 긍정적인 설화도 많이 전해집니다. 오레가노는 그리스 신화의 아프로디테가 행복의 상징으로 삼았고, 로즈마리는 성모 마리아가 아기 예수 그리스도의 옷을 빨아 이 풀 덤불에 널어 말린 뒤 악을 물리치는 힘을 가지게 됐습니다. 안젤리카는 대천사 미카엘이 수도승의 꿈에 나타나 알려준 전염병 치료제라고 합니다. 이렇듯 신성한 허브를 잔뜩 사용하다 보니 중세 마녀나 마법사가 부적 만들듯 미트볼을 반죽합니다.

"이렇게 만든 미트볼 하나 먹으면 악귀가 들러붙지 못하고 불운이 행운으로 바뀝니다."

돌팔이 약장수나 읊을 만한 대사를 웅얼거리면서요.

잘 섞은 고기 반죽을 아기 주먹만 한 크기로 둥글게 모양을 잡습니다. 조리하면 크기가 줄어드니까 조금 큼직하게 만듭니다. 이탈리아 이민자가 하는 정통 이탈리아식 레스토랑에서 먹는 미트볼 스파게티는 미트볼이 어마어마하게 크더군요. 미트볼을 딱 두 개만 올리는데 작은 미트볼 8~9개 분량입니다. 어쩌면 자잘한 미트볼 여러 개 대신 커다란 미트볼 두 개를 품고 있는 스파게티 몬스터님도 이탈리아식 레스토랑의 그 거대한 미트볼에 영향을 받았을지도 모릅니다. 반대로 열렬한 스

1 기름에 마늘을 볶다가 미트볼을 넣고 튀기듯 굽습니다.

2 멀티태스킹이 필요한 순간. 토마토소스를 붓고 미트볼을 익히면서 스파게티 면도 삶습니다.

파게티 괴물교 신자라면 태초부터 존재하던 스파게티 몬스터님을 영접한 이탈리아 사람들이 커다란 미트볼을 만들었다고 주장할 수도 있지만요. 그렇지만 미트볼 스파게티는 이탈리아 전통 음식이 아니라 미국식 퓨전 이탈리아 음식에 가깝습니다. 이탈리아에서는 미트볼 대신 다진 고기를 넣어 만든 볼로네즈 소스가 대세니까요.

미트볼을 곧바로 소스에 담가서 익히면 질퍽해지기 때문에 미리 한 번 구워야 합니다. 올리브유를 넉넉하게 두른 팬에 마늘을 볶다가 미트볼을 넣고 굴려가며 튀기듯이 굽습니다. 강한 불에 굽다가는 다 타 버릴 수 있으니 겉이 어느 정도 익으면 오븐에 넣어 마저 굽기도 합니다. 허브가 잔뜩 든 고기 경단을 마늘 기름에 튀기다가 맛있는 냄새가 솔솔 나기 시작하면 파스타 면을 슬슬 준비합니다. 어지간한 파스타는 고기 경단과 토마토소스에 잘 어울리지만, 이번에는 스파게티 괴물을 기리는 차원에서 당연히 스파게티를 만들기로 합니다. 말은 거창하지만 그저 밀가루 110그램에 달걀 한 개 넣고 반죽해서 30분 정도 숙성한 다음 기계에 넣고 뽑으면 끝이죠.

스파게티가 익는 동안 미트볼에 토마토소스를 붓고 익힙니다. 마트에서 파는 토마토가 싱싱하지 않아 통조림을 씁니다. 소스용 토마토의 최고봉인 산마르자노 토마토를 통째로 넣어 만든 통조림이라 그냥 신선한 토마토보다 나을 수도 있습니다. 이탈리아 남부의 화산재 섞인 토양과 바닷바람이 키운 토마토의 맛을 내기는 힘들죠. 많은 이탈리아식 레스토랑에서 본

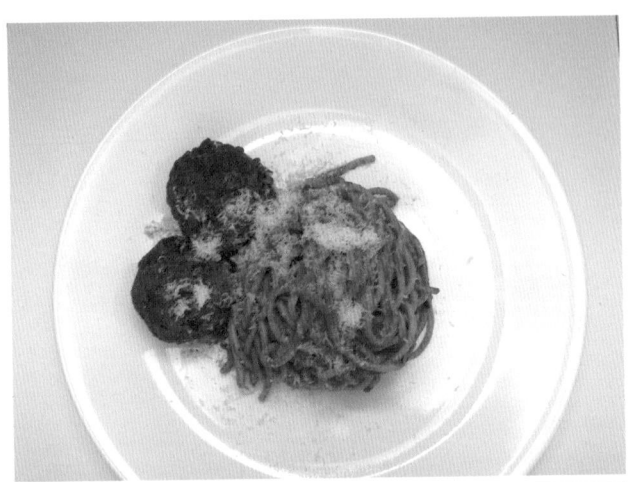

스파게티에 미트볼 두 개를 곁들이고 치즈를 뿌립니다. 스파게티 몬스터님을 찬양하는 파스타는 둘둘 말아 멋지게 모양을 내기보다는 이리저리 뭉치고 면발 흩날리는 자유분방한 모습이 제격입니다.

토 맛을 내려고 통조림을 고집하는 이유입니다. 미트볼에 소스가 배면 바질을 듬뿍 뿌리고 발사믹 식초를 한 번 뿌립니다. 마지막으로 스파게티 면을 붓고 소스에 잘 섞습니다.

접시에 스파게티와 미트볼을 담고 파르메산 치즈를 갈아서 뿌리면 허브가 듬뿍 들어간 이탈리아식 미트볼 스파게티가 완성됩니다. 미트볼을 워낙 좋아해서 서브웨이 미트볼 샌드위치를 자주 먹고, 이케아에 가면 미트볼만 두 그릇씩 먹기도 합니다. 무엇보다 면발에 휘감긴 미트볼이 토마토소스하고 어우러지며 내는 맛이 가장 마음에 듭니다. 토마토소스의 산미와 미트볼의 허브가 어우러지며 단단한 미트볼 표면을 씹고 들어가면 흘러나오는 육즙에 갓 뽑은 고소한 파스타를 함께 먹으면 신성한 스파게티 면발들이 천국으로 인도하죠.

미트볼 스파게티를 음미하며 스파게티 괴물을 영접하면 자유분방하면서도 무질서해 보이는 소수 종교들이 인간의 긍정적이고 선한 부분을 부각하려 노력하고 있다는 사실에 놀랍니다. 파스타 냄비를 뒤집어쓰고 다니는 파스타파리안(스파게티 괴물교 신도)들은 탈권위적이면서 타인을 존중하고 나쁜 일을 하지 않는 종교 본연에 충실한 모습 때문에 스파게티 괴물교를 믿게 됐다고 합니다.

'웬만하면 나를 믿는다고 남들보다 성스러운 척하지 않으면 좋겠다'로 대표되는 '웬만하면 지키면 좋을 듯한 8계명'은 스파게티 괴물교의 포용력을 보여주죠. 저는 다섯 번째 계명, '악의에 찬 다른 이들을 공격하기 전에 웬만하면 밥은 챙겨 먹고 하면 좋겠다'를 가장 좋아합니다. 배를 든든하게 채워주는 미트볼 스파게티를 맛있게 먹고 나면 사람이 너그러워지면서 무슨 문제든 평화적으로 해결할 수 있게 되죠. 거창한 이유나 미사여구는 다 제쳐두고, '미트볼 스파게티는 맛있다'는 진리 하나만 가지고도 기도를 올릴 만합니다.

라멘!

빵과 버터 피클,
보존식의 즐거움

초등학생 시절 과학 선생님은 무뚝뚝한 분이었습니다. 실험실에서 실습할 때면 위험한 화학 물질이나 알코올램프 때문인지 더 깐깐했죠. 말을 걸기가 꺼려지는 분이었는데, 하루는 도저히 참지 못하고 질문을 했습니다.

"비커나 시험관 같은 도구는 어디서 구할 수 있나요?"

"어디다 쓰려고?"

"사탕이랑 초콜릿 같은 걸 보관하려고요."

저는 심각했어요. 만화 영화에서 과학자가 시험관에 든 내용물을 섞어 마시는 장면을 보고 따라하고 싶었거든요. 가구나 인테리어에 처음 관심을 가진 계기일 겁니다. 그때 어른이 그렇게 큰소리로 그렇토록 오랫동안 웃을 수 있다는 사실도 알게 됐습니다.

"아이고, 세상에! 시험관이랑 비이커를, 과자 담으려고! 하하하, 웃겨 죽겠네!"

한참을 웃던 선생님이 건네준 플라스틱 시험관에 눈깔사탕이나 엠앤드엠즈 초콜릿을 채우니까 생각 이상으로 그럴듯해서 선생님이 왜 그렇게 웃었는지 알고 싶은 궁금증은 사라졌

잘 만든 피클은 열탕 소독이 좌우합니다. 펄펄 끓는 물이나 뜨거운 증기로 내열 유리병 안쪽을 구석구석 소독합니다.

지만요. 수십 년이 지난 지금 알록달록한 채소가 들어찬 유리병을 보면 저도 모르게 낄낄거립니다. 코흘리개 꼬맹이가 시험관에 과자를 채우려 한다고 자랑스럽게 외치는 모습이 웃긴 나이가 됐으니까요.

먹거리를 모아두면 기분이 좋아지는 일은 어린이의 전유물이 아닙니다. 수렵이나 채집에 의존하던 옛날에는 동굴에 쌓아놓은 음식이 남은 수명을 나타내는 척도였죠. 손쉽게 음식을 구할 수 있는 시대가 됐지만 찬장 선반에 시리얼, 통조림, 라면 등을 잔뜩 채워 넣고 충만함을 느끼는 사람이 많습니다. 음식은 존재만으로 포만감을 주죠. 직접 만든 피클이나 잼 등 병조림을 줄줄이 채우면 뿌듯함은 몇 배로 커지죠.

물을 끓여서 병부터 소독합니다. 병에 이물질이나 세균이 묻으면 병조림이 통째로 상할 수도 있기 때문이죠. 보존식을 만들 때 사용하는 유리병은 '메이슨 자Mason Jar'라고 부릅니다. 메이슨 유리병이 나오기 전까지 유리병 보존 식품은 입구에 고무링을 끼우고 지렛대 원리를 이용해 뚜껑에 압력을 가하며 닫거나, 왁스를 녹여서 밀봉했습니다. 1850년대에 양철 세공인인 존 메이슨이 스크루 모양 고리와 고무 밴드가 붙은 디스크로 만든 밀봉 시스템을 개발한 덕에 집에서 저장 식품을 만드는 사람들이 번거로운 왁스 녹이기에서 해방됐죠. 그뒤 여러 회사가 메이슨 유리병을 만들지만, 압도적인 점유율을 자랑한 곳이 '볼 코퍼레이션the Ball corporation'이라서 지금도 어지간한 유리병에는 'Ball'이라는 글씨가 새겨져 있습니다.

1 피클 국물은 유리병 크기에 따라 양이 달라집니다. 물 2컵, 식초 1컵, 설탕 1컵에 소금 1큰술과 피클링 스파이스 1큰술을 기본으로 해서 채소의 양과 입맛에 맞게 조절합니다.

2 집에서 피클을 만들면 오이뿐 아니라 여러 채소를 마음대로 넣을 수 있습니다.

이번 병조림은 오이 피클입니다. 병을 소독하는 동안 피클 주스를 만듭니다. 물, 식초, 설탕을 2 대 1 대 1의 비율로 섞고 소금을 2~3작은술을 넣습니다. 베이컨이나 햄, 염장 생선 등 전통 방식으로 만드는 보존 식품은 어마어마하게 많은 소금을 넣습니다. 옛날에는 총량의 10퍼센트에 달하는 소금을 넣었을 정도니까요. 요즘에는 나트륨 과다 섭취가 문제라 짜지 않게 만들고 개봉한 뒤에는 냉장 보관하는 게 대세입니다.

설탕과 소금이 물에 다 녹으면 피클링 스파이스를 1큰술 넣고 끓입니다. 피클링 스파이스는 겨자씨, 월계수 잎, 후추, 코리앤더(고수), 카르다몸, 클로브 등 피클에 잘 어울리는 여러 향신료를 섞은 조합을 말합니다. 일반 가정에서 여러 향신료를 일일이 갈아 넣기가 번거롭기 때문에 향신료 회사에서 만들어 팔기 시작했죠.

피클 주스가 끓는 동안 채소를 준비합니다. 오이만 넣어도 괜찮지만 여러 채소를 넣으면 맛있고 보기도 좋습니다. 이번에 준비한 채소는 피클용 오이, 당근, 양파, 피망, 브로콜리. 입맛에 따라 고추, 무, 레몬, 심지어는 연근이나 참외를 넣기도 합니다. 당근이나 양파처럼 껍질을 벗기는 채소는 괜찮지만, 통째로 절이는 채소는 베이킹 소다를 뿌려서 박박 문질러 깨끗하게 닦습니다.

피클용 오이는 컬비라는 품종을 씁니다. 노벌 컬비Norval Kirby라는 과학자가 여러 오이를 교배해 만들었는데, 처음에는 잘 안 팔리다가 대형 피클 회사에서 컬비 오이를 쓰면서 피클용

채소를 채운 피클병은 색깔이 예뻐서 장식용으로 쓰이기도 합니다.

오이의 대명사가 됐죠. 크기가 작아서 자르지 않고 통째로 병에 넣기 편합니다.

용도에 따라 오이를 얇게 썰거나, 길쭉하게 사등분해서 핫도그용으로 자르거나, 아예 통째로 절일 수도 있는데, 저는 절인 뒤에 마음대로 썰 수 있게 통째로 절이거나 딱 반으로 잘라 넣는 편이 좋습니다. 저민 오이보다 유리병을 꽉 채우기 힘들다는 단점이 있지만 빈 공간은 다른 채소들을 잘게 잘라서 채우면 됩니다. 빈틈없이 채소를 밀어 넣어도 며칠 지나면 오이가 쪼그라들면서 공간이 생기니까 나중에 아쉽지 않으려면 출퇴근길 콩나물 버스처럼 꽉꽉 눌러 담습니다. 채소를 채워 넣은 병에 팔팔 끓인 피클 주스를 뜨거울 때 붓습니다. 뜨거울 때 부어야 아삭아삭한 피클이 되거든요.

힘주어 뚜껑을 닫다보니 즐겨 보던 애니메이션 〈파워퍼프걸〉이 떠오릅니다. 초능력 소녀들이 사는 '타운스빌' 시장님이 긴급 상황이라고 호들갑을 떨며 전화를 걸어서 출동하면 항상 피클 병을 열어달라고 부탁하죠.

추운 겨울에 채소를 먹으려고 보관하던 피클이다 보니 그 역사는 수천 년이고 레시피도 아주 다양합니다. 기본이 되는 오이 피클을 미국에서는 '빵과 버터 피클'이라고 부르는데, 두 가지 설이 있습니다. 하나는 대공황 때 저렴한 오이 피클을 빵과 버터만큼이나 자주 먹은 때문이라는 주장이고, 다른 하나는 '패닝Fanning 가족'이 오이 피클 사업에 성공하기 전에 가족이 만든 피클을 이웃 농가가 만든 빵이나 버터하고 물물 교환

오이뿐 아니라 온갖 채소를 고루 담은 피클 접시는 어떤 음식에도 어울리는 사이드 디시입니다.

해서 먹고 산 때문이라는 이야기입니다. 이런 뒷이야기를 모르는 사람이 번역한 소설에서 '빵과 버터로 만든 피클'이라는 대목을 보면 웃음이 나기도 합니다.

실온에 하루나 이틀 정도 보관하고 냉장고에 넣어서 일주일 정도 숙성하면 아삭아삭하고 새콤달콤한 피클이 완성됩니다. 만들기도 쉽고 노력에 견줘 시판용 제품보다 훨씬 맛있습니다. 발효된 김치가 고춧가루 묻힌 배추하고 다르듯, 오이 피클도 숙성될수록 독특한 풍미와 식감을 뽐냅니다. 서양에서는 '겨울 제철 음식은 피클'이라고 말하기도 합니다. 봄, 여름, 가을 동안 제철 채소와 과일을 잔뜩 모아 병조림으로 만들어 숙성하다가 추운 겨울에 하나씩 따서 먹죠. 요즘은 보기 힘든 모습이지만, 예전 책에는 온 가족이 채소를 산더미처럼 쌓아놓고 커다란 냄비를 펄펄 끓이며 줄줄이 늘어놓은 메이슨 병을 하나씩 채우는 장면이 자주 나옵니다.

저도 허브가 잔뜩 자라는 비닐하우스 앞에서 허브 동호회 회원들이 모여 피클을 만든 추억이 있죠. 가마솥처럼 커다란 냄비에 식초를 끓이고, 마음에 드는 허브를 이것저것 따서 넣고, 고무 대야에 가득 담긴 오이를 유리병에 채우는 과정은 축제 같았습니다. 남은 채소와 허브를 곁들여 고기를 구워 먹을 때는 잔치를 벌인 듯했죠.

혼자서 피클을 만들면 와자지껄한 화려함은 없지만, 빵과 버터 피클이라는 이름에 걸맞게 일용할 양식을 만든다는 충만한 느낌은 가득합니다. 빵을 먹을 때 곁들이면 입가심으로 좋고, 잘게 다져 샌드위치 스프레드에 섞어도 괜찮습니다. 피자나 햄버거, 크림 파스타처럼 기름진 음식하고 궁합이 잘 맞을 뿐 아니라 반찬거리 없으면 밥반찬으로 단무지 먹듯 집어먹기도 합니다. 주인공은 아니지만 언제나 성공적인 식탁을 만들어내는 믿을 만한 조연이라고나 할까요. 출연료도 저렴하고요.

마법의
카르보나라

끓어라, 끓어라, 파스타 냄비야
나에게 따뜻하고 맛있는 파스타를 끓여주렴
배는 고프고 이제는 저녁 먹을 시간
배부르게 먹을 수 있도록 파스타를 끓여다오.

— 토미 데 파올라 지음, 장윤환 옮김, 《마법사 노나 할머니》, 문선사, 1984

마법 주문이지만 아름다운 시 같네요. 동화 《마법사 노나 할머니》에서 누군가 이 노래를 부르면 커다란 냄비가 저절로 부글부글 끓어오르면서 맛있는 파스타를 한가득 만듭니다. 어린 마음에 금은보화가 나오는 도깨비 방망이보다 이 냄비가 더 탐났죠. 마법의 냄비는 없으니 파스타가 먹고 싶다면 직접 끓일 수밖에 없습니다.

특정 품종의 식재료를 쓰지 않으면 만들기 어려운 음식이 있습니다. 리소토를 만들 때는 아보리오 쌀이 필수이고 파스타에는 듀럼밀로 만든 세몰리나 밀가루가 꼭 필요합니다. 일반 밀가루를 쓰면 칼국수가 되기 십상이거든요. 세몰리나 밀가루만 쓰면 뻑뻑하고, 더블 제로(도피오 제로) 등급 밀가루와

1 2인분을 기준으로 파스타용 밀가루 220그램에 달걀 2개와 소금 약간을 넣고 가루가 날리지 않을 때까지 포크로 젓습니다.

2 기계의 힘을 빌려 반죽을 합니다. 파스타 반죽은 단단하기 때문에 손으로 하면 만들 때 쓰는 열량이 파스타를 먹어서 섭취하는 열량보다 많다는 농담이 있을 정도죠. 반죽이 숙성될 때까지 20~30분 정도 기다리는 시간이 성공의 숨은 비결입니다.

세몰리나 밀가루를 알맞게 섞으면 결과물이 좋아집니다. 더블제로 밀가루는 이탈리아에서 파스타를 만들 때 주로 쓰는데, 밀기울 함량이 가장 낮아서 입자가 고운 중력분입니다. 밀가루만 준비되면 다른 재료는 구하기 쉽습니다. 싱싱한 달걀과 소금이 전부니까요.

1인분 기준으로 밀가루 100~120그램과 달걀 한 개를 넣습니다. 달걀 크기나 실내 습도에 따라 밀가루 양을 조절합니다. 밀가루를 볼에 담고 가운데를 파서 오목하게 만든 뒤, 소금을 뿌리고 달걀을 깨어 넣습니다. 포크나 젓가락으로 가운데부터 휘휘 저어서 가장자리 쪽 밀가루를 끌어들입니다. 가루가 날리지 않을 정도로 뭉치면 반죽기에 넣고 10분가량 반죽합니다. 손으로 해도 되지만 반죽이 손에 들러붙고 힘도 많이 드니 단단히 각오해야 합니다. 반죽이 다 되면 랩에 싸 실온에서 20분 정도 숙성합니다.

반죽을 숙성하는 동안 돼지고기를 자릅니다. 오리지널 카르보나라는 관찰레나 판체타를 쓰는 것이 원칙입니다. 관찰레는 돼지 목살이나 볼살이 재료이고 판체타는 돼지 뱃살로 만듭니다. 베이컨은 염장한 고기를 훈제해서 만들지만, 관찰레나 판체타는 연기가 아니라 바람에 말립니다. 숙성 기간도 더 오래 걸려서 가격도 더 비쌉니다.

달걀 한 개에 노른자 한 개를 추가하고 파르메산 치즈와 페코리노 치즈를 갈아 넣습니다. 후추도 넉넉하게 뿌려주고 잘 섞습니다. 우유나 생크림은 안 들어갑니다. 이탈리아 사람들

1 치즈와 달걀, 후추만으로 만드는 카르보나라 소스는 치즈의 품질과 달걀의 신선도가 맛을 좌우합니다. 달걀 1개와 노른자 1개, 질 좋은 파르메산 치즈와 페코리노 로마노 치즈를 각각 50그램씩 갈아서 준비합니다. 통후추를 그 자리에서 갈거나 으깨서 사용합니다.

2 갓 뽑은 파스타를 널어서 말립니다. 널어서 말리기가 여의치 않으면 들러붙지 않게 밀가루를 뿌리기도 합니다.

앞에서 크림을 넣은 파스타를 오리지널 카르보나라라고 주장
하면 싸움이 날 수도 있습니다.

숙성이 끝난 반죽은 밤톨 크기로 둥글게 떼어내 파스타 제
면기에 넣습니다. 일반적인 파스타 제면기는 밀대 두 개를 이
어 붙여놓은 사이로 반죽을 계속 밀어넣어 얇게 편 다음 원하
는 간격으로 칼날을 끼워 스파게티나 링귀니, 페투치니 등 다
양한 두께의 파스타 면을 뽑습니다.

프레스식 기계를 쓰면 스파게티뿐 아니라 마카로니나 푸실
리, 부카티니 같은 파스타도 만들 수 있습니다. 전통적인 방법
은 기계를 쓰지 않고 직접 칼로 썰어야 하지만요. 이렇게 뽑아
낸 스파게티는 서로 들러붙지 않도록 건조대에 빨래 널듯 넙니
다. 파스타 면발이 쭉쭉 뽑혀 나오는 파스타 면발을 보면 마
법의 냄비가 부럽지 않습니다.

면을 삶을 때는 소금으로 간한 물에 올리브유를 살짝 뿌리
고 건면보다 빨리 건집니다. 카르보나라는 소스를 붓고 더 익
히기 때문에 살짝 덜 익히면 좋습니다. 건면은 알덴테Al dente라
고 해서 씹는 느낌이 조금 남는 정도로 익히는데, 생면은 딱딱
한 심이 없기 때문에 면발의 탄력으로 식감을 만듭니다.

팬에 판체타를 볶다가 삶은 스파게티 면을 붓고 기름에 볶
습니다. 너무 뻑뻑하다 싶으면 면 삶은 물을 몇 숟가락 넣습니
다. 다 익으면 불을 줄이거나 끈 다음 소스를 붓고 빠르게 젓
습니다. 팬이 너무 뜨겁거나 젓는 속도가 느리면 달걀이 익어
서 스크램블드 에그 파스타가 되고, 스파게티 면이 너무 식으

1 파스타가 마음껏 헤엄칠 수 있는 커다란 냄비에 삶아야 정석입니다. 설거지 압박 때문에 팬 하나에 파스타도 삶고 소스도 요리하는 '원 팬 파스타' 조리법을 씁니다.

2 알맞은 온도와 빠른 손놀림이 카르보나라나 스크램블드 에그냐 하는 운명을 결정합니다.

면 달걀이 면에 제대로 코팅되지 않습니다. 다 볶은 스파게티를 접시에 담고 치즈와 후추를 뿌리면 스파게티 알라 카르보나라가 완성됩니다.

'카르보나라'는 '석탄 광부'라는 뜻입니다. 유래에 관해서는 후추 뿌린 모습이 석탄 가루 같아서 붙은 이름이라는 설, 광부들이 주로 만들어 먹었다는 설, 이탈리아 통일 전쟁 초기의 비밀 결사인 카르보네리아에 헌정하는 음식이라는 설까지 다양합니다. 돼지기름과 달걀, 치즈를 넣은 소스는 남부 이탈리아에서 오래전부터 쓴 방식이라 듬뿍 뿌린 후춧가루 말고는 특별히 새로운 점도 없죠.

이탈리아 사람들에게 파스타는 정체성의 일부라고 해도 지나치지 않습니다. 유럽과 미국 등에서 카르보나라에 생크림을 넣는 문제로 논쟁이 붙기도 했죠. 거대 파스타 업체인 바릴라Barilla가 유튜브에 올라온 생크림 카르보나라 영상에 자기 회사 제품을 썼다고 항의할 정도였습니다. 요리가 국경을 넘어 많은 사람에게 전파되며 생기는 현상이죠. 이탈리아 사람들이 뭐라든 내 입맛에 크림 넣은 카르보나라가 잘 맞으면 그만이죠. 저는 오리지널을 더 좋아하지만요.

달걀과 치즈로 잘 코팅한 스파게티를 포크로 둘둘 말아 한입 먹으면 탄성이 절로 나옵니다. 소스는 자주 해봐서 새롭지 않은데, 직접 뽑은 면이 끝내줍니다. 탄력 있는 식감도 식감이지만 씹을수록 고소한 맛이 우러나오네요. 잘 만든 파스타는 소스를 따로 안 뿌려도 맛있다는데, 직접 파스타를 만들어보

스파게티를 보기 좋게 돌돌 말아 접시에 올립니다. 치즈와 후추를 갈아서 뿌립니다. 달걀이 식어서 굳기 전에 맛있게 먹습니다.

니 확실히 올리브유와 소금만 더해도 충분히 맛있네요.

이 맛있는 파스타 위에 어린이도서관에서 군침을 흘리며 산더미처럼 쏟아져 나오는 국수 그림을 뚫어져라 쳐다보던 기억이 또 다른 향신료처럼 뿌려집니다. 도저히 참을 수 없어 도서관 앞 매점에서 500원짜리 컵라면을 후후 불어가며 먹던 추억도요. 저 멀리 보이는 동상, 나무 그늘 아래 떼로 몰려다니는 비둘기들, 학교 종 치는 소리, 꼬들꼬들한 면발과 나무젓가락의 감촉, 엠에스지MSG 가득한 라면 국물의 얼큰한 감칠맛까지, 오감을 기록했다가 재생하듯이 떠오르죠. 지금 먹는 카르보나라의 맛이 덧씌워집니다. 어릴 적 구경만 하던 동화책 속 스파게티를 직접 만들다니. '여기까지 잘도 왔구나' 싶네요.

충분하다, 충분해, 파스타 냄비야.
따뜻하고 맛있는 파스타를 받았으니
열을 식히거라, 도자기 냄비야
나중에 내가 다시 배고파질 때까지.

— 토미 데 파올라 지음, 장윤환 옮김, 《마법사 노나 할머니》, 문선사, 1984

부른 배를 두드리며 냄비에 주문을 욉니다. 고마운 마음을 담은 키스 세 번도 잊어서는 안 돼요. 동화에서는 안토니가 할머니 몰래 냄비를 쓰다가 키스를 빼먹는 바람에 온 마을이 파스타에 파묻히거든요.

COURSE 2

불의
맛

진짜 맛을 찾는 2박 3일,
데미그라스와 프랑스식 오믈렛

요리를 취미 삼아 하던 무렵에는 돈이 생기지도 않는데 왜 정성을 쏟느냐는 질문을 많이 받았습니다. 그런 말을 들을 때마다 돌이켜 보면, 맛있는 것을 먹고 싶다는 욕구가 가장 큰 이유는 아니라는 사실에 놀랍니다. 맛있는 요리를 많이 만들어 봤지만, 그중에서 자주 만드는 요리는 극소수고, 아무리 맛있어도 한 번 만들고 그만두는 요리도 있죠.

요리를 하게 만드는 가장 큰 원동력은 호기심과 불신입니다. 책이나 영화 등에서 요리에 관련된 이야기를 보면 먼저 호기심이 생깁니다. 저건 무슨 맛일까, 저런 재료를 쓰면 어떤 맛이 날까, 저런 요리법은 어떻게 맛이 달라지게 할까 하는 궁금증이죠. 그 뒤로 파는 요리를 향한 불신이 찾아옵니다. 티라미수에 마스카포네 100퍼센트를 넣은 맛이 궁금한데 빵집에서는 필라델피아 크림치즈를 섞을 거야, 홀랜다이즈 소스에 타라곤을 우려낸 화이트 와인을 넣는 가게는 찾기 힘들 거야, 저 가게에서 파는 햄은 방부제와 발색제를 넣을 거야 하는 생각들 말입니다. 그러다 보니 맛이 궁금한 요리가 생기면 직접 도전해보고 싶어요. 항상 레스토랑에 갈 수는 없으니까요. 숙련도

1 브라운 스톡 재료로 사골 1.8킬로그램, 양파 100그램, 당근 50그램, 샐러리 50그램, 토마토 페이스트 80그램, 레드 와인 1컵, 타임 1줄기, 샐러리 잎, 월계수 잎을 준비합니다.

2 사골을 구운 팬에 채소와 토마토 페이스트를 볶다가 와인을 부어 긁어내듯 섞습니다.

가 떨어지더라도 시간과 예산, 정성으로 부족한 점을 메꿔가며 직접 만듭니다. 하인즈에서 만들어 깡통으로 파는 제품 대신 직접 만든 데미그라스 소스도 시작은 호기심과 불신이었죠.

사골을 준비해서 235도로 예열한 오븐에서 한 시간가량 뒤집으며 갈색이 되도록 굽습니다. 사골을 굽는 동안 양파와 당근, 샐러리를 썰고, 스테인리스 망에 신선한 샐러리와 타임, 월계수 잎을 넣어서 부케 가르니bouquet garni를 만듭니다. 부케 가르니는 향기를 더하려고 넣는 향료 식물 묶음을 말합니다. 전통적인 방법은 서양 대파로 재료를 감싼 다음 끈으로 묶지만, 후추 알갱이나 마늘 조각이 빠져나가지 않게 스테인리스 망을 쓰기도 합니다.

사골을 굽고 나면 팬에 기름이 고이는데, 그 기름에 썰어놓은 양파, 당근, 샐러리를 3분의 2가량 넣고 갈색이 될 때까지 볶아 미르포아mirepoix를 만듭니다. 미르포아는 수프나 소스를 만들 때면 거의 '반드시'라고 해도 좋을 정도로 들어가는데, 미르포아의 유무가 얼마나 깊은 맛을 내는지 결정합니다. 눈에 보이지 않는 작은 정성이 모여서 큰 차이를 만들죠.

얼추 볶다가 토마토 페이스트 3분의 2 정도를 넣고 골고루 섞은 다음, 레드 와인을 부어서 바닥에 눌어붙은 것까지 싹싹 긁어냅니다. 이렇게 바닥에 눌어붙은 고기 부스러기나 지방을 물이나 와인, 소스에 녹이는 작업을 '디글레이즈deglaze'라고 해요. 얼핏 생각하면 타서 눌어붙은 찌꺼기가 무슨 맛이 있을까 싶지만 소스의 깊이는 이런 작은 차이에서 나옵니다.

1 사골에 찬물 3리터를 붓고 디글레이즈 소스를 섞어 10~12시간 끓입니다. 팔팔 끓이지 않고 조
   그만 거품이 보글보글 올라오는 정도면 됩니다.
2 다 끓인 브라운 스톡을 데미그라스 소스로 만들려면 아직 갈 길이 멉니다.

커다란 냄비에 사골과 채소, 디글레이즈 소스를 넣고 물을 3리터가량 부어 끓입니다. 집에 있는 가장 큰 냄비도 재료를 다넣을 수가 없어서 냄비 두 개에 나눠 끓였어요. 육수를 만들때는 물론이고 랍스터나 파스타 면을 삶을 때마다 음식점에서쓰는 커다란 냄비가 탐나지만 놓을 곳이 마땅치 않아 욕심을내지 못합니다. 모든 취미의 최종 단계는 공간을 확보하려 더큰 집으로 이사 가기라는 말이 떠오르네요.

너무 팔팔 끓이면 쓴맛이 우러날 수도 있으니 중간 불이나약불 사이에서 보글보글 거품이 올라오는 정도로 불을 맞춥니다. 처음 두세 시간 정도는 상태를 지켜보면서 위에 떠오르는기름이나 거품을 걷어냅니다. 이 상태로 중간중간 물을 보충하며 적어도 열두 시간 넘게 끓입니다. 아침에 일어나자마자 사골을 구워 바로 끓이기 시작해서 자기 전에 불을 끄죠.

하루 동안 온 집을 고깃국 냄새로 가득 채운 결과물을 용기네 개에 나눠 담습니다. 이렇게 갈색을 띠는 사골 육수를 브라운 스톡이라고 합니다. 캔에 담거나 큐브 모양으로 굳힌 육수를 팔기도 하는데, 직접 우려낸 육수에 견줘 깊이가 다릅니다. 값싼 재료의 맛을 감추려고 간을 짜게 하거나 조미료를 넣기도 합니다.

사골은 한 번 더 끓인 뒤 살점을 발라 따로 보관하고, 브라운 스톡은 냉장고에 넣습니다. 진액이 빠진 살점이지만 부들부들하게 익은 골수는 포기할 수 없습니다. 이제 절반 왔으니 사골을 빨아먹으며 남은 작업을 할 에너지를 보충합니다.

1 밀가루 120그램과 녹인 버터 80그램을 볶아서 루를 만듭니다. 갈색으로 바뀌고 팝콘 튀기는 냄새가 나면 됩니다.

2 브라운 스톡 두 통(1.5리터)에 브라운 루와 토마토퓌레 50그램, 양파 70그램, 당근 35그램, 샐러리 35그램을 넣고 절반으로 줄어들 때까지 2~3시간 졸입니다.

다음날 아침에 일어나면 브라운 스톡부터 확인합니다. 끓이면서 기름을 걷어냈는데도 남은 지방이 겉에 하얗게 굳어 있습니다. 숟가락이나 포크로 조심스럽게 굳은 기름을 걷어냅니다.

네 통 중에서 한 통은 다른 요리 만들 때 쓰려고 따로 보관하고, 나머지 세 통만 씁니다. 3의 배수로 넣어야 계산하기 편하거든요. 두 통을 먼저 냄비에 넣고 끓기를 기다리면서 브라운 루를 만듭니다. 버터를 녹인 다음 같은 양의 밀가루를 조금씩 뿌려가며 섞어서 갈색이 날 때까지 볶습니다. 저는 루를 만드는 시간이 무척 좋습니다. 밀가루와 버터가 섞이면서 부글부글 끓다가 어느 순간이 되면 팝콘 튀기는 고소한 냄새가 풍기기 때문이죠. 루는 수프나 소스를 걸쭉하게 만들고 프랑스 요리 특유의 버터 풍미를 살립니다.

루가 완성되면 브라운 스톡 두 통에 미르포아와 토마토퓌레를 추가로 넣고 다시 졸입니다. 두 통의 고기 육수가 한 통분량으로 졸아들 때까지 계속 가열합니다. 이렇게 만드는 소스를 브라운 소스 또는 에스파뇰 소스라고 합니다. 프랑스 요리의 5대 소스 중 하나죠.

이름에서 알 수 있듯이 에스파냐, 그러니까 스페인 요리사들이 소개했다고도 하고, 프랑스 요리사들이 스페인 요리법을 참조해서 개발했다고도 합니다. 유럽의 강대국이던 프랑스와 스페인은 동맹을 강화하려고 정략결혼을 자주 했는데, 그때마다 신부를 따라 함께 건너간 궁중 요리사들을 통해 음식 문화를 교류했죠. 브라운 소스는 1600년대에 나온 요리책에도 등

따로 보관해둔 브라운 스톡과 막 완성된 에스파뇰 소스입니다. 이 둘을 섞고 통마늘과 통후추를 추가한 부케 가르니하고 함께 다시 절반 분량이 될 때까지 2~3시간 졸인 뒤 굳힙니다.

장할 정도로 오랜 역사를 자랑하는데, 데미그라스 말고도 여러 소스를 만드는 데 들어갑니다.

이렇게 해서 브라운 스톡 한 통과 에스파뇰 소스 한 통이 준비됐습니다. 마지막 단계로 이 둘을 다시 섞어 절반 분량으로 줄어들 때까지 졸입니다. 이번 부케 가르니에는 파슬리와 타임 말고도 맛을 좀더 깔끔하게 하려고 마늘 두 쪽과 통후추도 넣습니다. 브라운 스톡 세 통으로 출발해 데미그라스 소스 한 통이 나옵니다. 요리를 하면 할수록 음식이 늘어나는 게 아니라 줄어드는 격이라 왠지 허무하기도 하지만, 그만큼 농축되어 제대로 된 소스를 만든다는 사실에 위안을 받습니다.

옛날에는 숙지황熟地黃을 사면 보통 것은 얼마, 윗질은 얼마, 값으로 구별했고, 구증구포九拯九曝한 것은 세 배 이상 비싸다. 구증구포란 아홉 번 쪄내고 말린 것이다. 눈으로 보아서는 다섯 번을 쪘는지 열 번을 쪘는지 알 수가 없었다. 단지 말을 믿고 사는 것이다. 신용이다. 지금은 그런 말조차 없다. 어느 누가 남이 보지도 않는데 아홉 번씩 쩔 이도 없고, 또 그것을 믿고 세 배씩 값을 줄 사람도 없다. 옛날 사람들은 흥정은 흥정이요 생계는 생계지만, 물건을 만드는 그 순간만은 오직 아름다운 물건을 만든다는 그것에만 열중했다. 그리고 스스로 보람을 느꼈다.

— 윤오영, 《방망이 깎던 노인》, 범우사, 1976

완성된 데미그라스 소스는 색깔이나 질감 모두 도토리묵을 떠오르게 합니다. 소분해서 냉동하면 오랫동안 쓸 수 있습니다.

군이 브라운 스톡 두 통을 반으로 졸이고 다시 브라운 스톡 한 통을 추가해서 반으로 졸이는 번거로운 작업을 군이 해야 할까 의심이 들 때도 있습니다. 브라운 스톡 세 통을 3분의 1로 졸여도 겉보기는 똑같은 결과물이 나올 테니까요. 그러나 보이지 않는 데서 정성을 들이면 맛이 미묘하게 달라집니다. 많은 요리책에 군이 에스파뇰 소스와 브라운 스톡을 절반씩 섞어 반으로 졸이라고 나오는 이유가 있겠죠. 인스턴트가 범람하는 사회에서 이 귀찮은 작업을 묵묵히 수행하려면 장인 정신이 바탕이 돼야 합니다. 그렇지 않으면 감당하기 힘듭니다.

완성된 데미그라스 소스는 네모난 밀폐 용기에 담아서 냉장고에 넣어 굳힙니다. 사흘째 아침에는 도토리묵처럼 탱글탱글한 데미그라스 소스를 만날 수 있습니다. 이렇게 만든 소스는 한 번 쓸 분량씩 잘라서 랩으로 싼 다음 냉동 보관합니다.

예전에 데미그라스 소스 레시피를 인터넷에서 검색하면 '백종원표 데미그라스 소스'가 가장 많이 뜨더군요. 밀가루에 식용유 섞어 루를 만들고, 케첩과 간장, 설탕에 식초를 섞는 레시피입니다. 볶음밥에 케첩 뿌려 먹는 것보다 데미그라스 소스를 직접 만드는 건 분명 대단한 발전입니다. 백종원 요리연구가도 자기는 요리사가 아니라 사업가라고 말했죠. 편의성을 강조하는 조리법이다 보니 편법을 쓰기도 합니다. 조미료로 맛을 낸 음식에 길들여지면 좋은 재료로 정성 들여 만든 요리는 심심하게 느껴질 수도 있죠. 무엇을 먹느냐에 따라 입맛은 바뀌기 마련이니까요.

1 데미그라스 소스를 곁들인 치즈 오믈렛. 찢어지거나 타지 않은 매끄러운 오믈렛을 만들려면 부지
런히 연습해야 합니다.

2 녹아 흐르는 치즈와 촉촉한 달걀을 데미그라스 소스에 찍어 먹으면 2박 3일에 걸친 노력을 보
상받는 느낌입니다.

제대로 만든 음식은 단순히 맛있다는 수준을 넘어, 마치 하나의 예술품처럼 즐기는 사람의 감각과 사고를 확장합니다. 구증구포한 숙지황을 찾기 힘든 이 불신의 시대, 레디메이드 제품들에 밀려 예술의 경지에 다다른 맛을 접할 기회가 점차 사라지는 현실이 안타까울 뿐이죠.

　데미그라스 소스는 용도가 다양하지만, 본연의 맛을 느끼고 싶어 오믈렛에 곁들입니다. 달걀 세 개를 잘 풀어 체에 거릅니다. 데미그라스 소스를 함께 먹기 때문에 소금 간은 하지 않습니다. 스크램블드 에그 만들듯이 볶다가 굳기 시작하면 치즈를 뿌립니다. 젓가락으로 뒤집으며 모양을 잡습니다.

　이렇게 말하면 쉬워 보이지만 예쁘게 모양내기가 어려워서 초보자는 달걀 한두 판씩 스크램블드 에그로 만들고 맙니다. 유독 한국은 아주 깐깐하게 오믈렛을 살피는 사람이 많습니다. 모양은 타원형이어야 하고, 갈색으로 변하거나 찢어진 부분이 없어야 하고, 자른 안쪽은 촉촉해야 오믈렛으로 인정합니다. 이런 까다로운 기준은 양식 조리기능사 시험에서 불과 프라이팬을 다루는 실력을 보려고 만든 겁니다. 오믈렛을 많이 먹는 서양 사람들은 모양에 그리 집착하지 않습니다. 제이미 올리버나 울프강 퍽 등 해외 유명 요리사들이 오믈렛을 만드는 동영상을 봐도 갈색으로 변하거나 표면이 울퉁불퉁해도 별로 신경쓰지 않으니까요.

　오믈렛을 잘라서 소스를 푹 찍어 먹으면 첫맛은 깡통에서 꺼낸 데미그라스하고 크게 다르지 않습니다. 그러나 한입 크기 오믈렛을 다 썹을 즈음이면 밑바닥부터 올라와 울리는 맛의 깊이가 느껴집니다. 군이 비교하자면 직접 끓인 사골곰국과 인스턴트 설렁탕면 국물의 차이라고나 할까요. 토마토와 각종 허브의 첫인상 뒤에 오랜 시간동안 끓여 그 맛의 정수를 빼낸 사골과 채소의 뒷심이 오케스트라의 큰북처럼 서서히 나타나는 거죠. 주의 깊게 음미하지 않으면 깜빡 놓칠 정도로 미묘한 이 맛의 차이를 위해 2박 3일을 투자할 사람은 많지 않습니다. 그렇지만 '진짜' 맛의 기준을 잡으려면 한 번 정도는 시도해도 나쁘지 않을 듯하네요. 이렇게 맛의 기준점을 잡은 뒤에야 하인즈 깡통을 따는 식당과 묵묵히 며칠에 걸쳐 데미그라스 소스를 만드는 식당을 구분할 수 있으니까요.

녹아내리는 황금의 맛,
마카로니 앤드 치즈

"이 영양 많은 전자레인지 마카로니 앤 치즈 저녁식사에
축복이 있기를. 할인 특가로 파는 사람들에게도요. 아멘."
— 영화 〈나 홀로 집에〉, 1990

마카로니 앤드 치즈 또는 맥앤치즈는 간단하게 먹을 수 있는
미국 가정식의 대명사입니다. 조합은 간단하지만 느끼하고 짭
짤해 묘하게 사람을 끌어당깁니다. 아이들도 좋아해서 많은 기
업이 인스턴트 맥앤치즈 제품을 출시해 식사 준비가 귀찮은 어
른들의 선택을 받으려 애를 씁니다. 그런 인스턴트 제품들이
너무 짜고 느끼해서 저는 직접 만들어 먹는 걸 좋아합니다.

파스타 제면기에 밀가루 반죽을 넣고 마카로니를 뽑습니다.
파스타를 기다란 롱 파스타, 짧은 숏 파스타, 속을 채운 스터
프드 파스타로 나누는데, 마카로니는 숏 파스타를 대표합니
다. 조그맣고 짤막한 튜브 모양 파스타를 통틀어 마카로니라
고 부르는데, 구부러진 모양의 엘보(팔꿈치) 마카로니가 가장
흔합니다. 공장에서는 대형 기계로 압출 속도를 잘 맞춰 90도
가 넘게 꺾인 팔꿈치 모양을 내죠. 가정이나 레스토랑에서 쓰

1 더블 제로 밀가루 220그램에 달걀 2개를 섞어 반죽해 30분간 숙성한 다음 압출식 파스타 기계에 넣어 마카로니를 뽑습니다.

2 한 손으로 짤막한 엘보 마카로니를 자르고, 다른 한 손으로 들러붙지 않게 체 위에 고루 폅니다.

는 제면기는 두 개의 밀대 사이로 반죽을 밀어넣어 얇게 펴면서 자르기 때문에 마카로니처럼 구멍 뚫린 파스타는 만들 수 없습니다. 반죽을 구멍 뚫린 디스크를 통해 밀어내는 압출식 기계가 필요하죠. 다행스럽게도 반죽기 액세서리로 출시된 파스타 제면기는 압출식이라 마카로니도 만들 수 있습니다. 이런 기계가 없다면 옛날 방식대로 얇게 민 반죽을 조그만 사각형으로 하나씩 잘라낸 다음 일일이 손으로 말아야 합니다.

압출식 기계를 써도 작업이 엄청 쉬워지지는 않습니다. 평범한 스파게티는 길어서 오래 기다리다가 잘라도 되는데, 마카로니는 나오자마자 잘라야 해서 손이 쉴 틈이 없거든요. 게다가 건조대에 빨래 널듯 널어 말리면 되는 롱 파스타하고 다르게 마카로니는 말리기도 쉽지 않습니다. 아무 생각 없이 던져 놓으면 서로 붙어서 거대한 밀가루 덩어리가 되기 십상인지라 신경써서 간격을 띄워야 합니다. 바닥에 늘어놓으면 한쪽 면만 건조되고 반대쪽은 덜 마르기 때문에 구멍이 숭숭 뚫린 체 위에 올려 일차로 건조하고, 서로 붙지 않을 정도가 되면 철판이나 베이킹 시트지 위에서 마저 말립니다.

이렇게 만든 마카로니는 끓는 물에 오랫동안 삶습니다. 다른 파스타들은 심이 살짝 씹히는 알덴테 상태를 최고로 보지만, 마카로니는 부드러울 때까지 삶습니다. 시판 마카로니 포장지를 보면 다른 파스타보다 더 오랫동안 삶으라고 써 있죠.

다 삶은 마카로니는 건져서 물기를 뺍니다. 마카로니 삶은 냄비에 버터를 녹이고 밀가루를 볶아서 루를 만듭니다. 다른

1 우유 1컵과 크림 1컵을 섞어 루에 조금씩 부어가며 젓습니다. 끓기 시작하면 파슬리와 후추, 머스
   터드, 너트멕을 취향에 맞춰 조금씩 넣습니다.

2 체더치즈는 덩어리 치즈를 갈면 좋습니다. 2컵 분량을 넣어서 잘 녹입니다.

냄비에 해도 되지만, 설거지할 그릇이 늘어나는 일은 그리 기분 좋지 않으니까요. 루는 고소한 맛을 더할 뿐 아니라 농도를 되직하게 하기 때문에 크림 수프를 만들 때도 단골로 등장합니다. 갈색으로 볶은 루에 1 대 1로 섞은 우유와 생크림을 조금씩 부어가며 젓습니다. 한 번에 왕창 넣으면 멍울이 남을 수도 있으니 주의해야 합니다. 부글부글 끓지 않고 약불에서 중간불 사이에서 거품이 조금씩 올라오는 정도면 좋습니다.

파슬리와 후추, 머스터드와 너트맥(육두구)을 넣습니다. 머스터드는 디종 머스터드 소스를 써도 좋고, 너트맥은 직접 갈아 넣어야 더 맛있다고 합니다. 그렇지만 자주 쓰지 않는 녀석들이라 따로 구입하지는 않고 향신료 트래블 키트에 있던 머스터드 가루와 너트맥 가루를 조금씩 뿌립니다. 불을 아주 약하게 줄이거나 끈 채 체더치즈를 넣고 녹입니다. 치즈는 끓이지 않고 녹여야 합니다. 센 불로 끓이면 치즈가 분리되면서 멍울이 생겨 모래를 씹는 식감이 될 수 있습니다. 치즈를 녹이면서 질감을 확인하고 간을 봅니다. 마카로니를 넣을 때 밀가루가 섞여 되직해지기 때문에 원하는 농도보다 묽게 만듭니다.

삶은 마카로니를 넣고 소스가 잘 배어들게 섞습니다. 한 국자 떠서 부을 때 끊어지지 않고 흘러내리면 가장 좋습니다. 주황색을 띠는 노란 치즈가 뭉친 부분 없이 마카로니 하나하나를 완벽히 감싸고 코팅된 부분이 반짝반짝 빛을 반사하면, 먹기 전부터 맛있겠다는 확신이 들어요. 크래프트 사는 벨비타 치즈 광고에서 이 모습을 '녹은 황금liquid gold'으로 묘사했죠.

과일 주스나 우유도 좋지만 콜라가 가장 잘 어울립니다. 루와 우유, 진짜 체더치즈가 듬뿍 들어서 고소하면서도 짭짤해 중독성이 있습니다. 합성 치즈와 식물성 유지방이 들어간 인스턴트 맥앤치즈 보다 건강한 맛입니다.

녹은 황금처럼 주르륵 흘러내리는 맥앤치즈를 한 국자 듬뿍 떠 접시에 올립니다. 후추를 뿌리고 파슬리 잎으로 장식합니다. 〈나홀로 집에〉에서 맥컬리 컬킨은 도둑들에 맞서 전쟁을 벌이기 전 최후의 만찬으로 맥앤치즈에 우유를 곁들여 먹죠. 그렇지만 맥앤치즈는 느끼하고 짜기 때문에 우유보다 시원한 콜라 한 잔이 더 어울립니다. 짭짤하면서도 크림이 풍부한 치즈 소스와 고소하고 탄력 있는 마카로니를 먹으면 맥앤치즈에 열광하는 사람들도 이해됩니다.

맥앤치즈는 이탈리아에서 마카로니에 치즈 조각을 곁들여 먹으며 시작됐지만, 정작 역사에 길이 남은 맥앤치즈 애호가들은 독일과 미국 출신입니다. 안톤 쉰들러가 쓴 루트비히 판 베토벤 전기를 보면 베토벤은 마카로니 위에 파르메산 치즈를 듬뿍 갈아 올린 맥앤치즈를 좋아했다고 합니다. 가정부가 이 음식 때문에 스트레스를 많이 받았답니다. 베토벤이 작곡에 몰두하면 밥이고 뭐고 정신 못 차리고 시간 가는 줄을 몰라서 열심히 만든 맥앤치즈가 불어터지고 딱딱하게 굳는 참사가 벌어졌죠. 요즘처럼 마카로니를 공장에서 찍는 시대도 아니고 치즈도 비싼 식재료인데 고생해서 만든 음식을 못 먹게 되니 얼마나 억울했을까요. 만화 《스누피》에 베토벤의 열렬한 신봉자인 슈뢰더는 맥앤치즈를 잘 만드는 여자랑 결혼할 거라고 하죠.

미국에서는 3대 대통령 토머스 제퍼슨이 마카로니 앤드 치즈를 즐겨 먹었습니다. 직접 마카로니 기계를 설계하고 만들 정도로 좋아했답니다. 백악관 만찬에서 맥앤치즈를 대접해서 이 음식이 유행하게 만들었습니다. 그때는 지금처럼 인스턴트가 아니라 격식을 갖춘 기품 있는 음식이었죠. 1937년 대공황이 닥치자 상황이 달라집니다. 크래프트 사는 전쟁이 일어난 뒤 수입이 줄어든 사람들에게 값싼 맥앤치즈 제품을 대대적으로 홍보했어요. '19센트로 당신의 가족을 먹여 살릴 수 있습니다'는 광고 문구를 내세우면서 마카로니 앤드 치즈는 대통령이 즐겨 먹던 고급 요리에서 초저가 서민 음식이 됩니다.

마카로니를 삶은 다음 짜장 라면을 만들 때처럼 물을 거의 다 따라내고 치즈 소스 가루를 넣어 만드는 인스턴트 제품, 아예 치즈 소스까지 다 만들어진 상태에서 삶을 필요도 없이 그냥 전자레인지에 돌리기만 하는 제품까지 나왔죠. 심지어 삶은 마카로니 위에 슬라이스 치즈를 몇 장 얹어서 녹인 뒤 비벼 먹는 레시피도 있습니다.

쉽고 싸게 많은 사람이 허기를 달래고 배고픈 사람들에게 따뜻한 포만감을 준다는 점에서 마카로니 앤드 치즈는 진짜 녹은 황금보다 더 값진 음식일지도 모릅니다. 미국에서는 공장에서 대량 생산하는 인스턴트 맥앤치즈를 소금과 지방이 많이 들어간 비만의 주범으로 꼽습니다. 굶느니 몸에 안 좋은 음식이라도 먹는 편이 낫다고 생각해 저소득 가정에서 전자레인지에 데운 맥앤치즈 그릇을 들고 텔레비전 앞에 앉는 모습을 뭐라 할 수 없습니다. 그래도 안타까운 마음은 어쩔 수 없네요. 조금만 시간을 들이면 돈을 더 많이 쓰지 않고 몸에 좋은 맥앤치즈를 만들어 먹을 수 있으니까요.

홈쿡을 해야 하는 이유,
카프레제 샐러드

집에서 취미로 요리하는 사람들이 많아졌습니다. 고급 레스토랑에서 볼 법한 요리들을 직접 만드는 사람이 꽤 늘었죠. 가정용 주방에서 취미 삼아 요리하는 우리 집 요리사, 홈쿡home cook들은 전문 레스토랑 요리사 못지않게 유리한 점이 많습니다. 레스토랑은 이익 극대화가 가장 중요해서 비싼 재료보다 알맞은 가격대의 재료를 선택해야만 합니다. 집에서 요리할 때는 내가 먹을 음식이기 때문에 경제성보다 맛에 더 중점을 두게 되죠. 재료를 적게 사기 때문에 비싼 식재료도 가격 부담이 적고 재고 처리도 쉽습니다. 재료의 품질이 요리의 품질을 좌우하는 음식은 집에서 만들어 먹을 때 식당에서 사 먹는 것보다 더 맛있기도 합니다. 카프레제 샐러드도 그렇죠.

카프레제 샐러드insalata caprese는 이름에서 알 수 있듯이 이탈리아 카프리 섬풍의 샐러드입니다. 싱싱한 토마토와 모차렐라 치즈, 바질로 만드는 간단한 샐러드죠. 맛을 좀더 풍성하게 하려면 바질 페스토와 발사믹 식초를 곁들이지만, 그냥 토마토와 치즈를 잘라 바질 잎사귀 한 장을 끼워서 올리브유를 뿌려 먹어도 맛있습니다.

1 구하기 쉽지만 제대로 된 제품을 찾기 힘든 재료들입니다. 모차렐라 치즈 1덩이, 토마토 2개, 발사믹 식초, 엑스트라 버진 올리브유, 파르메산 치즈, 잣, 마늘, 신선한 바질 1다발을 준비합니다.

2 바질 1다발 또는 1컵, 마늘 1쪽, 잣 1/4컵, 엑스트라 버진 올리브유 1/2컵, 강판에 갈아놓은 파르메산 치즈 1/2컵, 레몬즙 1/2개를 푸드 프로세서에 넣고 돌립니다. 올리브유는 처음에는 조금만 넣고 중간중간 농도를 보면서 더 넣습니다.

재료가 단순하다고 해서 만들기 쉬운 요리는 아닙니다. 재료의 질이 중요하기 때문이죠. 신선한 토마토와 싱싱한 바질, 제대로 만든 모차렐라 치즈, 좋은 품질의 엑스트라 버진 올리브유가 필요합니다. 여기에 바질 페스토를 만들 잣과 레몬, 파르메산 치즈, 마늘이 추가됩니다.

바질 페스토는 페스토 알라 제노베제Pesto alla Genovese가 정식 명칭입니다. 이탈리아 리구리아 지방의 도시인 제노바에서 만들기 시작한 소스입니다. 유래를 찾아 거슬러 올라가면 훨씬 오래전부터 이어진 전통이 있는 음식이기도 하죠. 올리브유에 마늘과 소금, 치즈, 온갖 허브를 섞어 만든 소스는 고대 로마 시절부터 먹었으니까요. 다만 바질은 19세기에 인도에서 유럽으로 전래돼 바질 페스토는 상대적으로 역사가 짧죠.

만드는 방법은 간단합니다. 푸드 프로세서에 바질, 잣, 마늘 한 쪽, 파르메산 치즈 약간, 레몬즙 반 개 분량을 넣고 갈면 끝입니다. 중간중간에 올리브유를 조금씩 흘려 넣으며 농도만 맞추면 되죠. 요리법은 간단하지만 바질 페스토를 만들 재료를 찾는 여정은 험난합니다. 파르메산 치즈와 올리브유는 품질이 천차만별이라 겉보기에 이파리가 싱싱하기만 하면 되는 바질보다 구분하기 힘듭니다.

파르메산 치즈의 제대로 된 이름은 '파르마지아노 레지아노 치즈'로, 이탈리아의 파르마 지역에서 만듭니다. 딱딱하면서 잘 부스러지고, 짭짤하면서 고소하죠. 파르메산 치즈 고유의 풍미를 더하려고 최소한 1년 넘게 숙성합니다. 그런데 공장에서 만든 파르메산 치즈가 많아서 문제입니다. 수익을 극대화하려 대량 생산을 하고 합성첨가물을 넣어 부족한 풍미를 보충합니다. 가루로 파는 제품은 맛있게 보이려고 식용 향료나 색소를 넣는데다가 뭉쳐서 떡이 되지 않게 하려고 합성 섬유질을 더하죠. 유럽연합은 파르메산이라는 이름을 이탈리아산 오리지널 파르마지아노 레지아노 치즈에만 써야 한다고 규정하지만, 유럽만 벗어나면 아무데나 파르메산 치즈라는 이름을 쓸 수 있습니다. 파르메산 치즈의 대명사로 여겨지는 녹색 통에 담긴 크래프트 사의 파르메산 가루 치즈를 보고 이탈리아 친구들은 분개합니다.

"그따위 톱밥에 페인트 섞은 우유 가루가 파르메산 치즈라니! 맘마미아!"

올리브유는 파르메산 치즈보다 더 복잡합니다. 제품군이 다양하기 때문이죠. 올리브에서 기름을 짜내는 방법에 따라 엑스트라 버진, 버진, 정제유로 나누는데, 그중 엑스트라 버진 올리브유는 열을 가하지 않고 압착해 기름을 짜서 맛과 향이 가장 적게 손실됩니다. 발연점이 낮아서 고온으로 조리하는 음식보다 샐러드나 저온으로 볶는 요리가 좋습니다. 예쁜 유리병에 멋진 라벨을 붙인 엑스트라 버진 올리브유는 많은 브랜드에서 만듭니다. 가장 쉽고 확실한 방법은 유럽연합 생산자 인증 마크를 확인하는 겁니다. 동그란 원형의 마크 가장자리로 'protected designation of origin(PDO)', 또는 'protected geographical indication(PGI)'라는 문구가 붙어 있다면 유럽연

합 정부에서 우리 대신 철저히 검사했다는 뜻이니까요. 이 마크가 붙은 올리브유는 유통 기한만 잘 살피면 됩니다.

좋은 재료를 써서 완성한 바질 페스토는 뚜껑을 여는 순간 강한 바질 냄새가 코를 때립니다. 싱싱한 바질 덕분이죠. 바질 잎을 피자 위에 얹어 먹을 때는 토마토소스 향에 합쳐지면서 섬세한 소프라노와 테너 듀엣곡을 듣는 느낌이라면, 바질 페스토는 힘이 넘치는 바리톤 솔로의 노래를 듣는 기분입니다. 미국에 처음 왔을 때 동네 슈퍼마켓만 가도 싱싱한 바질을 구할 수 있어 무척 놀랐습니다. 한국에서는 생 바질을 구하기 어려워서 직접 키워 먹었는데 말이죠. 미국 마트 채소 코너에서 뿌리까지 살아 있는 바질을 봉지째 팔기 때문에 사 와서 물병에 꽂으면 며칠 동안 생생합니다.

모차렐라 치즈는 지역 농장에서 만든 신선한 녀석으로 준비했습니다. 집에서 직접 만들어보기도 했지만, 노력에 견줘 차이가 크지 않아 기피하는 메뉴가 됐습니다. 모차렐라 치즈도 고급품을 쓰려고 하면 이탈리아에서 인증 마크를 받은 제품을 넣어야 합니다. 이탈리아 정부에서 인정하는 나폴리 피자에는 반드시 지역 인증 마크를 받은 모차렐라 치즈를 쓰게 돼 있죠. 올리브유처럼 피디오PDO 내지는 피지아이PGI 마크가 붙은 제품을 쓰면 되는데, 유통 기한이 매우 긴 파르메산 치즈나 올리브유하고 다르게 모차렐라 치즈는 신선할 때 써야 해서 구하는 데 한계가 있습니다. '먼 곳의 명품보다 지척의 흔한 물건'이 더 나은 경우죠.

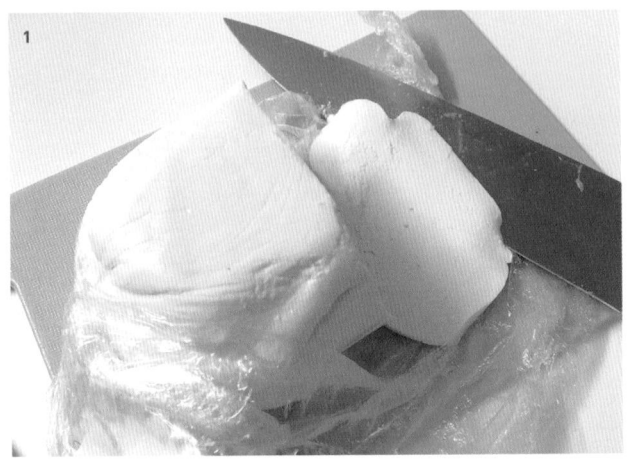

1 삶은 달걀처럼 생긴 신선한 모차렐라 치즈를 준비합니다. 피자용으로 갈아놓은 모차렐라 치즈는 들러붙지 않게 하려고 첨가물을 넣기 때문입니다.

2 토마토와 모차렐라 슬라이스, 바질을 순서대로 쌓고 바질 페스토를 얹습니다. 가족이나 친구, 애인 앞에서 우아한 손동작으로 발사믹 식초를 뿌립니다.

신선한 모차렐라는 공처럼 생겼고 색깔이나 질감도 삶은 달걀 같습니다. 다른 치즈들하고 달리 우유를 굳히고 나서 휘젓고 잡아당기며 스트레칭을 시키기 때문에 특유의 식감이 만들어집니다. 쫀득쫀득한 식감과 담백하면서 고소한 맛이 일품입니다. 손으로 찢으면 삶은 닭가슴살 찢어지듯이 갈라지죠.

샐러드는 재료만 다 준비되면 만들기는 어렵지 않습니다. 토마토와 모차렐라 치즈를 얇게 썬 다음, 바질 잎사귀, 토마토, 치즈를 번갈아 놓습니다. 엑스트라 버진 올리브유와 바질 페스토를 뿌리고 마지막으로 발사믹 식초를 살짝 더하면 완성입니다. 바질의 초록색과 치즈의 흰색, 토마토의 붉은색이 국기 색깔하고 같아서 이탈리아를 대표하는 요리를 꼽을 때 단골로 등장하는 메뉴입니다.

마지막에 발사믹 식초를 뿌리는 레시피를 둘러싸고 의견이 분분합니다. 푸드 칼럼니스트 켄지 로페즈알트J. Kenji Lopez-Alt는 이렇게 외쳤죠.

"그놈의 발사믹 식초병에서 얼른 떨어져!"

켄지의 주장에 따르면 신선한 재료를 넣은 카프레제 샐러드는 발사믹 식초가 필요 없고, 신선하지 않은 재료는 카프레제 샐러드로 만들면 안 됩니다. 공감은 되지만, 많은 요리사들이 카프레제 샐러드에 꿋꿋하게 발사믹 식초를 뿌려대는 이유도 있겠죠. 제대로 된 발사믹 식초를 쓰면 토마토와 치즈의 맛을 해치지 않으면서도 독특한 풍미를 더해서 더 맛있는 샐러드를 만들 수 있거든요.

발사믹 식초 상자에는 얼마나 오랫동안 정성을 들여 만든 제품인지 설명한 책자가 들어 있습니다.
설명서나 멋진 상자는 없어도 괜찮으니 가격을 낮추면 좋겠습니다.

문제는 바로 그 제대로 된 발사믹 식초를 구하기가 쉽지 않다는 사실입니다. 제대로 된 치즈나 올리브유보다도 더 구하기 힘든 재료가 진짜 발사믹 식초입니다. 가게에 널린 게 발사믹 식초인데 무슨 소리냐 싶지만, 오리지널 발사믹 식초는 전 세계에서 딱 두 군데, 이탈리아의 모데나 지역과 레지오 에밀리아 지역에서만 생산되기 때문입니다.

　게다가 지역 특산품이라 거품이 끼었다고 보기도 애매한데, 발사믹 식초를 전통 방식으로 만드는 과정이 아주 까다롭거든요. 다른 재료가 전혀 섞이지 않은 100퍼센트 포도즙을 30일 정도 끓인 뒤 와인을 숙성할 때처럼 나무통에 넣어둡니다. 마트에서 발사믹 식초를 찾아 원재료 목록을 보면 와인 식초에다가 심지어 캐러멜 소스까지 들어 있는데, 제대로 만든 발사믹 식초는 포도즙 100퍼센트입니다. 처음에는 커다란 나무통에서 숙성을 시작하고, 시간이 지나 포도즙이 자연적으로 증발해 양이 줄어들면 더 작은 나무통으로 옮겨 담습니다. 이 작업을 계속 반복합니다. 발사믹 식초 고유의 향과 맛을 내려고 옮겨 담을 때마다 나무통 재질이 바뀌고, 당연히 시간도 무진장 오래 걸립니다. 최종 결과물을 만드는 데 12년 넘게 걸리고, 양도 처음 들어가는 포도즙에 견주면 아주 적습니다.

　전통 방법으로 만든 발사믹 식초는 유리병 모양만으로 구분할 수 있습니다. 모데나 지역의 발사믹 식초는 전구를 받침대 위에 세워둔 모양이고, 레지오 에밀리아에서 나오는 발사믹 식초는 튤립을 엎어놓은 모양인데, 이 유리병 디자인은 특허를

토마토와 치즈, 바질을 함께 먹습니다. 식욕을 돋우는 애피타이저로 손색이 없습니다.

내놓은 덕에 다른 발사믹 식초 브랜드가 쓸 수 없거든요. 제대로 만든 제품을 찾아내는 일과 이 제품을 사서 쓰는 일은 또 별개 문제입니다. 가장 숙성 기간이 짧은 12년산도 100밀리리터 한 병당 가격이 거의 10만 원 정도니까요. 25년 묵은 발사믹 식초는 15만 원은 가볍게 넘어가기 때문에 한 방울 한 방울 손을 벌벌 떨며 씁니다.

카프레제 샐러드를 한 조각 먹습니다. 몇 방울 떨어트리지도 않았는데 강렬한 향과 산미를 뿜내는 발사믹 식초가 첫 인상을 남기고, 뒤이어 바질의 향기가 솔솔 따라옵니다. 씹으면 씹을수록 바질 페스토에 섞인 올리브유와 잣의 고소한 맛이 흘러나오고, 쫀득한 모차렐라 치즈와 아삭한 토마토의 식감이 섞입니다.

만들기는 쉽지만 제대로 만들기는 쉽지 않은 카프레제 샐러드. 그렇기 때문에 제대로 만들었을 때 성취감이 더욱 큽니다. 흔히들 프랑스 요리는 수준급 요리 기술이 필요해서 만들기 힘들고, 이탈리아 요리는 재료가 쿡별해서 만들기 힘들다고 하는데 그 말이 실감납니다. 이탈리아 사람들 특유의 허풍으로 치부할 수도 없는 것이, 실제로 디오피DOP 인증 제품과 슈퍼마켓에서 흔히 구할 수 있는 제품을 비교하면 아무리 요리에 관심 없는 사람이라도 대번 구분할 수 있을 정도로 맛이 다르기 때문입니다. 한국으로 치면 공장에서 만든 중국산 배추김치만 먹다가 인간문화재 명인이 만든 김치를 먹었을 때 느낌이라고 할까요. 푸아그라나 철갑상어 알처럼 접하기 힘든 비싼 재료가 아니라 평소에 쉽게 접해온 음식일수록 제대로 만든 음식을 먹었을 때 받는 충격이 더 큽니다.

　이런 음식은 식당에서 찾아보기 어렵죠. 일반 레스토랑이라면 재료 원가부터 답이 나오질 않습니다. 올리브유와 치즈, 발사믹 식초를 모조리 디오피 인증 받은 최고급품으로 만든다면 조그만 샐러드 한 접시에 최소 2~3만 원은 받아야 할 테니까요. 샐러드 한 접시에 그렇게 높은 가격을 받으려면 다른 요리도 수준을 높여야 하고, 가게 인테리어나 컨셉도 달라져야 하기 때문에 대다수 식당에서는 힘듭니다. 이런 상황에서 홈 쿡의 이점이 발휘되죠. 원가를 따지지 않고 최고급 재료를 아낌없이 넣어서 먹고 싶은 것을 만들어 먹는 것도 직접 요리를 하는 즐거움 중의 하나이니까요.

58도 온천욕의 비밀,
수비드 스테이크

서양에서 자주 하는 말 중에 '당신이 먹는 것이 바로 당신이다(You are what you eat)'가 있습니다. 식인종 주방에 걸릴 표현 같지만, '당신이 무엇을 먹는지 말하면 당신이 어떤 사람인지 말해줄 수 있다(Tell me what you eat, and I will tell you what you are)'는 말이 줄어서 생긴 격언이죠. 앙텔름 브리야 사바랭Anthelme Brillat-Savarin이라는 프랑스 법관이 한 말입니다.

브리야 사바랭은 유명한 판사이자 정치가이면서 엄청난 미식가였습니다. 먹는 걸 정말 좋아해서 법률책은 안 쓰고 《미각의 생리학Physiologie du gout》이라는 음식 관련 책까지 낼 정도였죠. 브리야 사바랭은 이 격언을 통해 사람들에게 식습관이 생활의 많은 부분을 반영한다는 점을 알리고, 올바른 식생활이 얼마나 중요한지를 강조했습니다.

따지고 보면 우리가 뭘 먹는지도 중요하지만, 우리가 먹는 것들이 무엇을 먹는지도 중요합니다. 무농약, 유기농, 유전자 조작 물질 무첨가 같은 단어들이 먹거리를 포장하는 데 훈장처럼 주렁주렁 달린 현실 자체가 그 증거죠. 이런 모습은 소고기도 예외가 아닙니다.

1 고기를 수비드하기 전에 온갖 향신료를 바릅니다. 올리브유나 버터를 바르기도 합니다.

2 한국에 두고 온 진공 포장기를 그리워하며 지퍼백을 눌러 공기를 최대한 뺍니다. 있으면 있는 대로, 없으면 없는 대로 방법이 생기기 마련입니다.

대부분 사람들은 소고기를 등심이나 안심처럼 부위별로 나눠서 분류합니다. 좀 따지는 사람들은 한우인지 젖소인지 품종과 나이까지 고려하죠. 소가 무엇을 먹고 자랐는지도 맛에 큰 영향을 준다는 사실을 아는 사람은 그렇게 많지 않아 보입니다. 소는 먹는 사료에 따라 '그레인 페드grain fed'와 '그래스 페드grass fed'로 나뉘는데, 외양간에 갇혀서 사료를 먹고 자란 소는 그레인 페드, 풀밭에서 방목형으로 자란 소는 그래스 페드라고 합니다.

자유롭게 초원을 거닐며 풀을 뜯어먹고 자란 소가 더 맛있을 듯하지만, 그래스 페드는 한국에서 인기가 없습니다. 집중적으로 살을 찌우는 그레인 페드하고 다르게, 방목형 소는 많이 돌아다니는데다가 목표 중량이 될 때까지 시간이 오래 걸려서 나이가 많고 근육도 질기고 기름기가 적어서 고소한 맛이 덜하죠. 풀을 먹고 자란 소답게 고기에서 풀 냄새가 나는데, 이 냄새도 호불호가 많이 갈리죠.

질긴 그래스 페드 고기를 최대한 부드럽게 조리합니다. 수비드Sous vide 조리법으로요. 그래스 페드 안심, 그중에서 가장 부드러운 텐더로인 부위를 한 덩어리 준비합니다. 마늘 가루, 로즈마리, 딜, 후춧가루 등을 발라 양념합니다.

원칙대로 하면 진공 포장기를 써야 하지만 없어도 '야매'로 만들 수 있습니다. 고온 가열이 가능한 지퍼백에 담아 물에 서서히 담그면서 수압을 이용해 공기를 빼고 입구를 잠급니다. 어떤 레시피는 플라스틱 빨대로 공기를 빨아낸 다음 잠그기

원래 용도로 쓰지 않는 탓에 생기는 불편은 감수해야 합니다. 기계는 67도로 맞췄는데 실제 수온은 57도입니다. 딱 10도 차이가 나니까 그나마 계산하기 쉽네요.

도 하더군요. 공기 방울이 남아 있으면 고기와 따뜻한 물의 접촉면 사이에 끼어들어 조리에 방해가 되고 허브와 양념의 맛이 배어드는 데도 걸림돌이 됩니다. 그래서 이 조리법에 프랑스말로 진공 상태라는 뜻의 '수비드'라는 이름이 붙었죠. 그런데 진공 포장보다 저온 조리가 훨씬 더 중요합니다. 1799년 영국의 벤저민 톰슨 백작이 이 이론을 확립했지만, 미묘하게 온도 조절한 상태를 장시간 유지해야 한다는 점이 무척 어려웠습니다. 1971년 부르노 코소 박사가 연구를 마친 끝에야 조리법으로 활용되기 시작했죠.

기본 원리는 간단합니다. 고기에는 여러 단백질이 있는데, 맛과 식감을 결정하는 가장 중요한 단백질은 세 가지입니다. 미오신과 콜라겐은 열을 받으면 부드럽게 변하고, 엑틴은 질겨집니다. '미오신과 콜라겐은 40~50도 정도에 단백질 변성이 일어나고, 엑틴은 65도가 넘어야 변성이 일어나니 그 사이 온도에서 고기를 조리하면 부드럽고 맛있지 않을까'라는 생각이 시작이었죠. 많은 요리사들이 연구를 거듭하면서 고기 종류와 부위별로 최적의 온도와 시간대를 정리했는데, 제가 쓰는 레시피는 소고기 스테이크를 레어로 조리할 경우는 54도, 미디움레어는 58도, 웰던은 70도를 권장합니다.

요즘에는 가정용 수비드 기계도 많이 나오지만, 저는 반죽기 액세서리로 구입한 히팅 볼heating bowl로 수비드를 합니다. 반죽기에 부착해 내용물을 저으면서 가열하는 액세서리입니다. 초콜릿 템퍼링이라든가 크림 상태로 만들 때 중탕 대신 쓸

수비드가 끝난 고기는 스테이크보다 수육에 가깝게 보입니다.

수 있고 빵 반죽을 발효하는 데도 쓰죠. 히팅 볼은 물 끓이는 기계가 아니다 보니 가열 설정 온도와 실제 수온에 차이가 좀 나네요. 일부러 목표 온도보다 10도 정도 높게 설정해둡니다.

온도계와 물 순환 펌프가 달린 가열기인 수비드 전용 장비는 그렇게 대단한 물건은 아니라 가격이 부담되지는 않습니다. 그러나 홈쿡이라면 100퍼센트의 효과를 발휘하는 장비 서너 개보다 80~90퍼센트의 효과를 발휘하지만 서너 가지 용도로 활용할 수 있는 장비 하나가 더 효과적입니다. 취미 삼아 요리하는 사람이 비싼 도구를 여러 개 사려면 금전적으로 부담도 되고, 부엌이 넓지 않다면 도구를 쌓아놓을 공간을 마련하기도 힘들죠. 범용성 높은 도구를 쓰다가 도저히 안 되겠다 싶으면 그때 전용 도구를 사도 됩니다. 비싼 장비를 샀다가 창고에 처박아두고 먼지만 쌓일 수 있으니까요.

한 시간 정도 온천욕을 하고 나온 고기를 레스팅합니다. 부위와 목표로 하는 조리 정도에 따라 길게는 하루에서 사흘까지 조리하지만, 이번에는 한 두 시간이면 적당합니다. 본격적으로 굽기 전에 6~7분 정도 쉬게 합니다. 뜨거운 상태에서 또 열을 받아 너무 많이 조리될 수 있습니다.

당장 먹지 않는다면 수비드가 끝난 상태에서 진공 포장 그대로 얼음물에 담가서 열을 식히고 세균 증식을 막기도 합니다. 저온으로 조리하는데다가 습기도 많아 박테리아가 번식하기 딱 좋거든요. 수비드한 고기를 잘못 보관하다가 먹으면 식중독에 걸리기 십상입니다. 그래도 많은 양의 고기를 원하는

수육처럼 보이는 고기를 팬에 굽기 시작할 때야 비로소 스테이크 요리를 하는 기분이 듭니다. 치익하는 소리와 연기, 냄새는 스테이크 요리의 필수 요소입니다. 무쇠 팬에 기름을 두르고 연기가 날때까지 가열한 다음 고기 표면이 먹음직스러운 갈색이 되게 굽습니다.

정도로 조리해 두면 스테이크를 순식간에 완성할 수 있기 때문에 여러 고급 레스토랑이 번거로움을 감수하고 수비드를 조리 방법으로 채택합니다.

온도가 떨어진 고기는 뜨겁게 달군 무쇠 팬에 올려 겉만 굽습니다. 강불로 겉을 태우는 이 작업을 시어링searing이라고 하는데, 단백질의 화학 작용인 마이야르 반응이 일어나 고기가 갈색으로 변하면서 표면이 바삭바삭해지고 구운 고기 특유의 풍미가 납니다. 다만 가정에서 많이 쓰는 논스틱 코팅 팬은 시어링할 정도로 가열하면 유독성 물질이 나오기 때문에 반드시 고온 가열이 되는 무쇠 팬이나 스테인리스 팬을 써야 합니다. 논스틱 코팅 팬의 테프론 성분은 논란이 많은데, 해롭냐 해롭지 않냐가 아니라 유해성이 얼마나 심각한지를 둘러싼 논란일 뿐입니다. 고온으로 가열할 때 유해 물질이 나온다는 사실은 제작사도 인정할 정도로 자명하죠. 그렇다고 집에 몇 개씩 쌓인 코팅 팬을 다 내다 버릴 필요는 없습니다. 조리 도구마다 특성과 장단점이 있고, 가벼운 요리를 할 때 가볍고 세척이나 보관이 쉬운 코팅 팬만 한 물건이 없으니까요.

시어링이 끝나면 다시 5분 정도 레스팅 작업을 합니다. 잠깐 여유를 주면 곳곳에 뭉친 육즙이 고기 전체로 골고루 퍼져 더 맛있는 스테이크가 됩니다. 레스팅을 잘못하면 고기를 썰자마자 뭉쳐 있던 육즙이 폭발하듯 흘러나오기도 합니다. 요리 초보 시절에는 그 모습을 보며 육즙이 흘러 넘친다고 감탄하기도 했죠. 흘러나온 육즙과 소스를 섞어 빵으로 훑어 먹어

가장자리부터 가운데까지 모두 핑크빛 미디엄 레어입니다. 맛은 있는데, 왠지 기분이 이상합니다.

도 매력 있지만, 의도적으로 이렇게 만드는 요리와 실력이 부족해서 육즙을 낭비하는 요리는 많이 다르죠.

근육의 결에 수직이 되도록 썰어야 하는데 고기 모양이 이상하게 나온 탓에 수평으로 썰어버렸습니다. "으아… 변태 같아." 칼로 썰어서 단면을 보는데 이런 소리가 나옵니다. 상대적으로 얇은 스테이크는 레스팅을 하면서 고기 단면이 균일한 색을 띠는 모습을 볼 수 있지만, 이 정도로 두꺼운 스테이크를 구우면 보통 표면은 살짝 타고 회색으로 다 익은 가장자리 속으로 핑크빛 미디엄 레어 층이 겹겹이 쌓여 있기 마련입니다. 그런데 수비드 조리법으로 구운 스테이크는 몽땅 다 미디엄 레어입니다. 가장자리부터 가장 안쪽까지 색깔이 다 똑같네요. 통째로 균일하게 조리된 고깃덩어리를 보자니 왠지 부자연스럽습니다. 다리 여덟 개 달린 치킨이나 몸의 대부분이 뱃살인 돼지가 나타난다면 이런 느낌일까요.

살짝 데친 아스파라거스에 어제 만든 감자샐러드를 곁들여 한입 먹습니다. 고기 본연의 맛을 느끼고 싶어 소스는 생략합니다. 육질이 확실히 부드럽네요. 비교해보려고 점심때도 똑같은 고기로 스테이크를 구웠는데 질긴 느낌이 들 정도로 씹는 맛이 강했던 반면, 수비드 조리법을 거친 고기는 몇 번 씹지 않아도 술술 넘어갑니다.

그런데 의문이 듭니다. 포장마차에서 칵테일 시켜 먹는 느낌이랄까요. 그래스 페드의 거친 풍미와 수비드의 부드러운 식감이 맛은 있는데, 조화롭지는 않네요. 그래스 페드는 풀

냄새 나는 고기를 거칠게 구워 무쇠 팬에 올린 채 칼질해 질경질경 씹으면서 카우보이 흉내내는 게 더 어울리는 듯합니다. 부드럽게 먹는 스테이크는 그레인 페드로 충분하니까요.

진짜로 신선한
모차렐라 치즈

치즈를 만든다고 하면 왠지 치즈 공방을 차린 유럽 사람들이나 하는 엄청난 일이라고 생각합니다. 물론 10년, 20년 오랫동안 숙성하는 명품 치즈는 쉽게 도전하기 힘들죠. 그렇지만 숙성을 안 해도 되는 연성 치즈는 집에서도 만들 수 있습니다. 요거트의 수분을 제거해 만드는 요거트 치즈, 우유에 식초와 소금을 넣어서 만드는 리코타 치즈 등이 대표적입니다.

조금 더 노력하면 연성 치즈의 끝판왕인 모차렐라도 만들 수 있습니다. 구연산, 염화칼슘, 라이페이스, 렌넷 등 이름도 처음 들어보는 괴상한 재료들이 필요하지만 치즈 제작 용품 파는 곳에서 한 번에 다 구할 수 있습니다. 우유도 필요해요. 아무런 가공도 거치지 않은 생우유가 제일 좋지만 위생상 문제로 구할 방법이 없습니다. 어쩔 수 없이 시판 우유 중에 맛과 풍미가 덜 사라지는 저온 살균 우유로 치즈를 만듭니다.

구연산과 라이페이스를 약간의 물에 희석해서 우유에 넣고 젓습니다. 구연산은 식초나 레몬즙 구실을 하는데 덩어리가 뭉치기 쉽게 만듭니다. 라이페이스는 우유에서 단백질이 떨어져 나오게 돕고 치즈 특유의 풍미를 더합니다. 인터넷에 나오

1 구연산과 라이페이스를 우유에 넣고 젓습니다. 가루나 원액을 그대로 넣으면 제대로 안 풀어질 수도 있으니까 물에 풀어서 넣습니다.

2 우유 온도가 32도까지 올라가면 염화칼슘과 렌넷을 물에 풀어서 우유에 붓고 잘 젓습니다. 너무 짧게 저으면 잘 섞이지 않고 너무 오래 저으면 응고를 방해하니까 20초 정도가 적당합니다. 10분 정도 기다리면 굳는데, 순두부하고 비슷합니다.

3 바둑판 모양으로 칼집을 낸 뒤 우유 온도를 38도까지 올립니다.

는 레시피는 구하기 까다로워서 라이페이스를 생략하는 경우가 많지만, 모차렐라 치즈는 원래 풍미가 강한 물소젖으로 만들기 때문에 부족한 맛의 깊이를 보충하는 차원에서 라이페이스를 넣으면 훨씬 좋습니다. 라이페이스도 종류가 많은데, 모차렐라 치즈에는 부드러운 쪽을 씁니다. 체더치즈는 주로 샤프 라이페이스를 쓰죠.

우유를 32도까지 가열합니다. 전문가라면 전용 기구를 쓰지만 취미로 요리를 하다보니 집에 있는 도구를 어떻게든 활용합니다. 히팅 볼은 본전을 뽑네요. 초콜릿 만들기나 빵 반죽에 이어 물론 수비드 조리와 치즈 만들기까지. 설정 온도에 맞춰 스스로 가열하고 보온하니 편리합니다. 스테인리스 냄비에 넣고 약불로 끓이는 방법이 일반적이지만 온도계를 확인하며 계속 불 조절을 해야 해서 번거롭습니다.

32도가 되면 염화칼슘과 렌넷을 물에 희석해서 넣고 20초 정도 젓습니다. 염화칼슘은 우유가 응고하게 돕습니다. 이온음료에 많이 들어 있죠. 눈이 많이 온 날 도로에 뿌리는 염화칼슘하고 같은 성분이기는 한데, 제설용 염화칼슘은 불순물이 많아 먹을 수 없죠. 식용 염화칼슘을 써야 합니다. 렌넷은 송아지 위에서 추출하는 효소로 우유를 응고시킵니다. 구연산이나 염화칼슘은 흉내낼 수 없는 쫄깃쫄깃한 식감을 안겨주죠.

염화칼슘과 렌넷을 짧은 시간에 잘 섞고 10분 정도 기다리면 순두부처럼 굳습니다. 긴 칼로 바둑판 모양으로 자르고 온도를 38도까지 올려서 치즈와 유청(우유에서 나오는 수분)이

1 유청이 잘 빠지도록 부숴서 면보에 담아 매답니다. 매달 곳이 마땅치 않을 때는 무거운 물건을
올려서 물기를 빼기도 합니다.

2 유청이나 소금물을 85도로 가열한 다음 물기 빠진 치즈 덩어리를 넣어 반죽합니다. 치즈가 어느
정도 부드러워지면 손으로 쭉쭉 늘리는 스트레칭 작업을 여러 차례 합니다.

분리되기 쉽도록 돕습니다. 38도가 되면 우유 덩어리를 잘 섞어서 부순 다음 면보에 담아 수분을 뺍니다. 파스타 말리는 건조대를 조립해서 유청 빼내는 보자기를 매다는 용도로 씁니다. 조그만 덩어리에서 어떻게 저렇게 많은 수분이 나오는지 궁금할 정도로 유청이 끝없이 빠집니다. 요즘에는 유청을 가공해서 단백질 보충제로 활용하기도 하죠.

유청에 소금을 넣고 85도까지 가열합니다. 물기가 쫙 빠져 단단한 덩어리가 된 치즈를 다시 뜨거운 유청에 넣고 국자나 주걱으로 꾹꾹 눌러서 반죽합니다. 치즈가 부드러워지면 꺼내서 손으로 쭉쭉 늘리는 스트레칭 작업을 합니다. 이 과정을 거쳐야 모차렐라만의 쫄깃한 식감이 살아납니다. 렌넷이 없으면 부스러지거나 뚝뚝 끊어지기 때문에 불가능한 작업이죠.

스트레칭이 끝난 치즈는 손으로 쥐어짜서 동그란 모양을 잡습니다. 삶은 달걀처럼 매끈하고 둥글게 만들면 좋습니다. 이렇게 갓 만든 모차렐라 치즈를 보니 예전에 이탈리아식 레스토랑에서 겪은 일이 떠오릅니다. 코스 요리의 첫 음식으로 신선한 모차렐라 치즈와 프로슈토 햄을 주문했는데 치즈가 아니라 삶은 달걀이 나온 겁니다. 웨이터에게 물었습니다.

"달걀은 주문한 적 없는데요?"

"여기 달걀은 없는데요?"

평생 모차렐라 치즈가 어떻게 생긴지도 모르고 살아온 거죠. 삶은 달걀을 나이프로 잘라보니 치즈였습니다. 얇게 썬 이탈리아식 햄이랑 같이 먹으니 궁합이 절묘하게 잘 맞더군요.

1 스트레칭 작업이 끝난 모차렐라 덩어리는 손으로 꾹 쥐어 동그랗게 삐져나오게 만든 뒤 얼음물
에 넣어 굳힙니다.

2 직접 만든 모차렐라 치즈는 아름답고 맛있지만 전문 치즈 공방에 견주면 효율이 떨어집니다.

130

달걀하고 착각할 정도로 모양이 예쁘게 나오면 곧바로 얼음물에 넣어서 냉각합니다. 사진에 보이는 아기 주먹만 한 치즈 덩어리 두 개는 우유 한 통을 다 넣어서 만든 결과물입니다.

3년 전 여기 버려졌고, 그 뒤 염소 고기와 산딸기와 굴로 연명하고 있어. 인간이란 본래 어느 곳에 떨어져도 살아가게 돼 있지. 그렇지만 나는 기독교인이 먹는 음식이 먹고 싶단다. 치즈 말이야. 혹시 치즈 한 조각 가진 것 없니? 나는 밤이면 밤마다 치즈 꿈을 꾸지.

— 로버트 스티븐슨, 《보물섬》, 1883

불쌍한 해적, 벤 건이 염소젖으로 치즈를 만드는 방법을 알았다면 무인도 생활이 더 행복했을 겁니다. 다른 치즈는 오랫동안 숙성해야 좋지만, 모차렐라는 신선할수록 더 맛있어요. 우유의 맛이 응집돼 고소하고, 짜지 않고, 잡맛이 없습니다.

심심할 때 조금씩 떼어 먹고, 피자 만들 때 얹고, 토마토와 바질이랑 함께 카프레제 샐러드를 만들어도 좋습니다. 마트에 가면 널린 게 모차렐라 치즈이지만, 삶은 달걀 같은 모습을 뽐내는 직접 만든 모차렐라 두 덩어리를 보면 알을 낳은 암탉이 된 양 뿌듯합니다.

뿌듯하기는 하지만 굳이 집에서 치즈를 만들 필요가 있을까 생각도 합니다. 자주 가던 뉴욕의 대형 프랜차이즈 마트는 도시 주변 농장에서 들여온 채소나 유제품 등을 팝니다. 마트

식료품 코너만 가도 신선한 모차렐라 치즈를 구할 수 있습니다. 아무리 정성을 들여도 오랜 세월 경험을 쌓은 숙련자들이 농장에서 짠 신선한 우유로 만든 모차렐라 치즈를 이기기 쉽지 않죠. 몇 번 만들어본 뒤 모차렐라 치즈는 사 먹기로 결론을 내렸습니다. 그렇다고 이런 시도를 후회하지는 않아요. 직접 만들어 먹지 않았다면 비교도 할 수 없었을 테니까요.

모차렐라 치즈를 만드는 데 몇 번 성공하니 숙성 치즈도 만들고 싶은 욕심이 납니다. 체다, 고다, 에멘탈, 그뤼에르 등 숙성 치즈도 모차렐라 치즈하고 만드는 과정은 비슷하고 오랫동안 숙성시킨다는 점만 다르거든요. 사람이 나이만 먹는다고 성숙하는 게 아니듯, 치즈도 나이를 먹으려면 환경이 중요합니다. 전용 숙성실이 없으면 치즈가 곰팡이로 변하기 쉬워서 섣불리 도전하지 못하죠. 좋은 재료만 모아서 10년 정도 숙성한 치즈를 한 통 만들고는 싶지만 진입 장벽이 너무 높네요. 이 꿈은 고이 접어 숙성실이 생길 때까지 미뤄두기로 합니다.

불타오르는 사랑의 맛,
크레이프 수제트

2월 어느 날, 일본 여행기를 정리하다가 툭 튀어나온 크레이프 사진 한 장. 하라주쿠에 있는 크레이프 전문점에서 먹은 딸기 크레이프를 다시 먹고 싶습니다. 해마다 2월 2일은 크레이프 먹는 날이라고 하니 마침 잘됐네요. 밀가루, 설탕, 소금, 달걀, 우유, 버터만 있으면 됩니다. 여기에 오렌지 소스를 만들 오렌지와 오렌지 브랜디를 추가로 준비합니다.

크레이프 반죽을 먼저 만듭니다. 버터를 뺀 나머지 재료를 핸드 블랜더나 믹서 등으로 갈아서 섞습니다. 다 섞이면 녹인 버터를 조금씩 넣어가며 마저 섞습니다. 반죽 재료 준비가 귀찮으면 핫케이크 가루를 사서 묽게 해서 써도 괜찮다고 해요. 저는 딱 정해진 양이 담긴 핫케이크 가루를 요령껏 묽게 만드는 방법보다 처음부터 크레이프 반죽 레시피대로 재료를 섞어야 더 마음이 편합니다. 킥보드를 타고 산책을 나간 날 지름길처럼 보이는 길로 돌아오는데 어쩌다 보니 횡단보도 하나 없는 길을 계속 따라가다가 점점 집에서 멀어진 적이 있었어요. '그래봤자 길은 다 통하겠지, 어디까지 가나 보자.' 오기를 부려 꾸역꾸역 갔는데 해는 지고, 눈앞에 '야간에는 통행을 금지

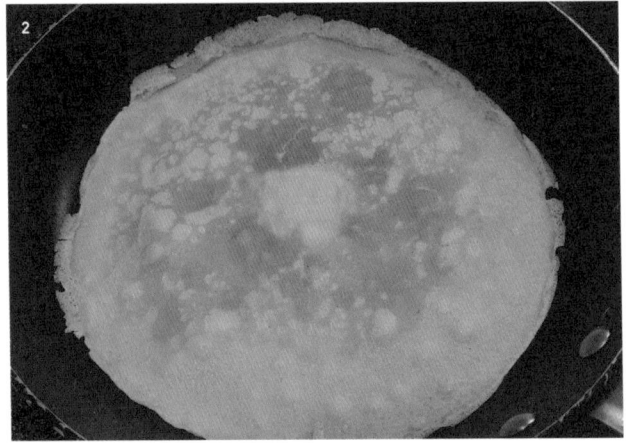

1 밀가루 80그램, 설탕 20그램, 소금 한 꼬집, 달걀 2개, 우유 200밀리리터를 준비하고, 버터 20
그램은 녹여서 따로 보관합니다.

2 달군 철판 위에서 반죽을 펴는 로젤을 써서 얇게 굽습니다. 집에서는 그냥 프라이팬을 잘 기울
여서 하면 됩니다.

함'이라고 쓰인 표지판까지 나왔죠. 결국 포기하고 큰길로 나가 버스를 타고 집에 돌아왔죠. 그 뒤 확실한 길이 아니면 지름길이라고 섣불리 도전하지 않습니다. 팬케이크 반죽 묽게 만드는 일이라더라도 말이죠. 반죽이 준비되면 프라이팬을 예열하고, 조그만 국자로 크레이프 반죽을 떠서 휙 두르듯이 붓습니다. 팬을 이리저리 기울이며 반죽이 골고루 퍼지게 합니다.

평소에는 무쇠 팬을 좋아하는데, 크레이프 만들 때는 어쩔 수 없이 가벼운 코팅 팬을 써야 합니다. 크레이프를 전문으로 만드는 사람들은 반죽을 얇게 펴는 로젤rozell이라는 도구를 쓰는데, 집에 그런 게 없는 사람은 열심히 프라이팬을 움직이며 반죽을 얇게 펴야 하죠. 손목 스냅으로 크레이프를 뒤집으려면 아무리 생각해도 무쇠 팬은 무리입니다.

커다란 코팅 팬에 반죽을 두르자마자 노릇노릇 구워지는 크레이프. 크레이프라는 이름부터 '둘둘 말리다'는 뜻을 담고 있으니 둘둘 말 정도로 얇게 굽습니다. 두꺼우면 크레이프가 아니라 팬케이크가 되니까 주의해야 하죠. 워낙 두께가 얇은 탓에 팬케이크라면 네다섯 장 구울 양인데 크레이프는 거의 열장 나옵니다.

구운 크레이프를 쌓고, 오렌지를 짜서 주스를 만듭니다. 오렌지 반 개 정도는 껍질을 깨끗하게 씻고 강판으로 갈아서 제스트로 준비합니다. 예전에 어차피 끓일 텐데 가열한 시판 오렌지주스나 갈아서 만든 오렌지주스가 많이 다르냐는 질문을 받은 적이 있습니다. 천연 재료를 쓴다는 측면에서 본다면 아

1 오렌지 4개 정도를 잘라 주스를 짭니다. 오렌지 반쪽은 껍질을 강판에 갈아 제스트로 만듭니다. 장식하는 데 쓸 오렌지 슬라이스를 두 조각 정도 남깁니다.

2 버터 1/4컵, 설탕 1/4컵을 팬에서 끓이다가 갈색이 되면 오렌지주스와 제스트를 넣고 시럽처럼 걸쭉해질 때까지 졸입니다.

무래도 다를 수밖에 없죠. 주스를 만들 때 오렌지를 가열해서 농축하는 이유는 유통 편의성 때문입니다. 그냥 끓이는 수준이 아니라 걸쭉해질 정도로 졸이기 때문에 오렌지 본래의 맛과 향을 잃습니다. 잃어버린 맛과 향을 되살리려고 원액에 물을 부으면서 여러 첨가물을 넣죠. 식품표기법에 따르면 오렌지 원액에 다른 원료가 섞이지 않았다면 주스를 만들 때 식품첨가물이 들어가도 100퍼센트 오렌지주스라고 광고할 수 있습니다. 그래서 '오렌지 100퍼센트'라고 광고하는 주스 중에도 실제로는 이런 저런 인공 향이나 감미료가 들어간 제품이 많습니다. 반면에 눈앞에서 직접 짠 오렌지주스는, 진짜 오렌지 100퍼센트가 확실하죠.

버터를 녹이고 설탕을 부어서 캐러멜 상태로 만듭니다. 설탕이 녹으면서 갈색으로 변하고 끓기 시작하면 오렌지주스를 붓고 제스트를 뿌려서 마저 끓입니다. 소스가 완성되면 크레이프를 접어서 올립니다. 크레이프라면 둘둘 말아 먹어야 제맛인데 이렇게 접어서 소스를 적신 음식도 크레이프라고 해도 되는 걸까요. 딸기와 생크림이 가득한 하라주쿠의 크레이프를 떠올리며 만들던 사람에게는 왠지 좀 실망스러운 느낌이기도 합니다. 크레이프가 한두 종류만 있지도 않고, 볶은 채소나 고기를 넣고 둘둘 말아 만드는 식사 대용 크레이프도 만들 정도이니 이 정도만 해도 다행이다 싶기도 하고요.

크레이프가 소스에 푹 젖으면 오렌지 브랜디인 그랑 마르니에를 뿌리고 불을 붙여서 플람베^{flambé}를 합니다. 플람베를 하

소스에 크레이프를 적시고 그랑 마르니에를 30밀리리터 정도 부어 알코올이 증발하기 시작하면 불을 붙입니다.

면 알코올은 날아가고 브랜디 특유의 깊은 맛이 스며들면서 여러 재료가 자연스레 어우러집니다. 그랑 마르니에가 워낙 가격대가 높다보니 비슷한 오렌지 술인 쿠앵트로를 쓰는 곳도 많은데, 아무래도 코냑 베이스 브랜디가 갖는 특유의 깊이를 따라오지는 못합니다. 플람베는 엄밀히 따지면 술에 불을 붙이는 행위가 아니라 술이 증발하며 생기는 알콜 증기에 불을 붙이는 셈이고, 그렇다 보니 처음 시도하는 사람은 갑자기 솟아오르는 불길에 깜짝 놀랍니다. 당황하면 사고가 터질 확률이 더 높아지니 '불은 언젠가는 꺼지게 돼 있다'는 믿음을 갖고 침착하게 계속 프라이팬을 움직입니다.

크레이프 수제트의 기원은 크게 두 가지 설이 있습니다. 하나는 코메디 프랑세즈 극장의 여배우 쉬잔느 라이헨베르크 Suzanne Reichenberg에 관련된 이야기입니다. 수제트라는 예명을 쓰던 쉬잔느는 연극에서 크레이프를 만드는 배역을 맡았는데, 배우가 무대에서 연기를 하면서 실제로 크레이프를 만들 수는 없는 노릇이라 레스토랑에서 연극 소품으로 쓸 크레이프를 샀습니다. 크레이프를 만들어 납품하던 마리보 레스토랑의 주인은 차갑게 식은 크레이프를 먹어야 하는 배우들을 위해 브랜디를 붓고 불을 붙여 따뜻하게 만드는 방법을 고안했고, 불길이 솟아오르는 장면이 관객들에게도 호응을 얻으면서 유명한 요리가 됐죠.

또 다른 설에 따르면 석유왕 존 데이비슨 록펠러의 전속 요리사 앙리 샤르팡티에henri charpentier가 몬테카를로의 카페에서

소스에 듬뿍 젖은 크레이프를 오렌지로 장식하고 뜨거울 때 먹습니다. 아이스크림이나 휘핑크림을
곁들여도 좋습니다.

견습 웨이터로 일하던 무렵 실수로 만들었다고도 합니다. 나중에 에드워드 7세가 되는 영국 왕세자가 수제트라는 이름의 프랑스 여인하고 카페에 들러서 크레이프를 주문했는데, 열네 살인 어린 앙리가 너무 긴장하고 서두른 탓에 크레이프 위에 오렌지 술을 쏟고, 그것도 모자라 불까지 붙여버립니다. 아이고 망했다 싶어서 걱정하다가 막상 불을 끈 뒤 맛을 보니 뜻밖에 맛있어서 그대로 내놓습니다. 이 요리가 마음에 든 에드워드 왕자는 함께 자리한 여인의 이름을 따 크레이프 수제트라고 명명했다죠. 열네 살짜리 견습 웨이터에게 영국 왕자를 서빙하라고 맡기는 상황이 말이 되느냐며 의문을 던지는 사람들도 있지만, 원래 대부분의 사람들에게 요리 뒷이야기는 진실성보다는 얼마나 매력적인지가 중요하죠.

불이 꺼진 크레이프를 접시에 옮겨 담고 소스를 부은 다음, 얇게 저민 오렌지 조각 등으로 장식합니다. 소스가 듬뿍 묻은 크레이프를 잘라 한입 먹으면 달달한 오렌지 맛과 코냑의 뒷맛이 함께 따라옵니다. 크레이프 자체는 맛이 그다지 강하지 않은데, 워낙에 얇게 펴 구운데다가 결국에는 평범한 빵 맛이라 강렬한 소스에 좀 묻힌다고 할까요. 버터 한 조각 올리고 시럽 뿌린 팬케이크하고는 또 다른 느낌입니다. 흠뻑 젖어서 부드러운, 마치 푸딩 같은 크레이프의 식감을 즐길 수 있죠.

생각보다 어렵지 않아서 팬케이크를 구워본 사람이라면 몇 번만 연습해도 쉽게 만들 수 있습니다. 허공에 날려서 뒤집기를 하거나, 불을 붙이는 플람베 퍼포먼스하기 좋은 메뉴이기도 하죠. 레스토랑에서 크레이프 수제트를 주문하면 일부러 휴대용 버너가 달린 카트를 끌고 와 테이블 옆에서 플람베를 하기도 합니다. '불길 높이가 올라갈수록 팁도 두둑해지는' 메뉴의 하나죠. 솟구치는 불길 자체가 난이도에 상관없이 전문 가다운 분위기를 연출하기 때문에 여자 친구 앞에서 선보이기 좋다는 말도 있고요. 같은 요리 솜씨를 뽐내더라도 고기 굽는 냄새 팍팍 풍기는 스테이크보다는 알코올이 들어간 달달한 디저트인 크레이프 수제트에 불을 붙이면서 영국 왕세자와 수제트라는 의문의 프랑스 여인 사이에 오간 비밀스러운 사랑을 이야기하면 점수를 딸 확률이 더 높아지기 때문입니다.

COURSE 3

불사조
요리사

레스토랑에서 느끼는 집밥의 맛,
라타투이

픽사가 제작한 애니메이션 중에는 〈토이 스토리〉(1995)나 〈니모를 찾아서〉(2003)가 유명하지만, 저는 〈라따뚜이〉(2007)를 가장 좋아합니다. 다른 생쥐들은 쓰레기통에서 찾은 썩은 음식으로 배를 채우며 만족하고 살아가지만, 혼자 미식에 눈을 뜬 레미는 더 맛있는 먹거리를 찾으려 노력합니다. 요리 실력은 형편없지만 마음은 따뜻한 신입 요리사 링귀니와 레미가 만나 서로 도우며 만들어가는 재미있는 이야기를 보며 요리란 무엇일까 생각합니다.

요리는 생존을 위한 영양소 섭취일까요, 새로운 감각을 일깨우는 쾌락의 도구일까요, 섬세하게 식재료를 조율하며 새로운 뭔가로 바꾸는 예술 행위일까요. 영화를 보며 '배부르다' 같은 감각을 충족시키는 '먹는다'는 행위를 원초적 본능부터 고차원적 철학까지 다양하게 해석할 수 있었죠.

애니메이션 덕분에 라타투이라는 생소한 프랑스 요리가 한국에도 널리 알려졌습니다. 개봉하기 전에는 이름이 웃긴 외국 요리 정도로 생각했지만 이제는 많은 사람들이 아름다운 프랑스식 모듬 채소 요리를 떠올립니다. 그렇지만 라타투이는 원

1 라타투이는 냉장고에 남은 채소를 활용해서 만드는 요리입니다. 보통은 양파와 토마토, 가지, 애호박을 많이 씁니다.

2 토마토에 칼집을 내고 살짝 데쳐 껍질을 벗긴 뒤 씨를 뺍니다.

3 마늘과 양파를 볶다가 손질한 토마토를 넣고 끓입니다. 물을 따로 넣지 않아도 으깨서 끓이다보면 수분이 많이 나옵니다. 걸쭉해지면 설탕, 소금, 후추, 바질, 파슬리 등 향신료와 허브를 기호에 맞게 넣습니다.

래 우아한 고급 요리가 아니라 집에서 쉽게 만들어 먹는 흔한 음식입니다. 프로방스 지역 방언인 뒤섞다라는 뜻의 '라타툴랴 ratatolha'에서 비롯된 음식인데, 집에 있는 재료를 대충 썰어 넣고 토마토소스하고 함께 쪄서 만들죠. 워낙 소박한 가정식의 대명사라서 요리 평론가 안톤 이고에게 라타투이를 서빙하는 모습을 훔쳐보던 영화 속 악역인 스키너는 이렇게 비웃죠.

"라타투이라고? 지금 농담해?"

이번에는 가정식이 아니라 애니메이션에 나온 레스토랑 버전입니다. 양파, 토마토, 애호박, 가지를 기본으로 쓰죠. 가정식답게 냉장고에 있는 아무 채소를 넣고 끓여도 되지만, 이 네 가지는 대부분의 레시피에 공통적으로 들어가더군요.

토마토는 꼭지 부분을 도려낸 뒤 반대쪽에 십자 모양으로 조그맣게 칼집을 내서 끓는 물에 살짝 데쳐 껍질을 벗깁니다. 양파를 얇게 썰고 마늘을 다진 뒤 냄비에 기름을 살짝 두르고 갈색이 날 때까지 볶습니다. 캐러멜화 된 양파는 토마토소스처럼 맛이 강한 재료들하고 함께 요리할 때 은근한 단맛과 감칠맛이 나서 좋습니다. 볶은 마늘과 양파에 껍질과 씨를 뺀 토마토를 넣고 으깨면서 계속 가열합니다.

토마토소스를 처음 만들 때는 '요리책에 물을 얼마나 넣는지가 없네, 인쇄가 잘못 됐나' 했어요. 토마토에서 수분이 아주 많이 나오니까 물은 안 넣어도 됩니다. 자작하게 끓어오르면 중불로 놓고 수분을 날리면서 원하는 농도가 될 때까지 조립니다. 걸쭉해지면 설탕과 소금, 후추 등으로 간을 합니다.

1 오븐 용기에 소스를 붓고 채소 슬라이스를 보기 좋게 올립니다. 맛이 잘 배도록 소스를 한 번
더 뿌려도 됩니다.

2 채소가 다 익을 때까지 180도 오븐에서 20~30분가량 굽습니다.

토마토소스를 조리는 동안 호박과 가지를 얇게 썹니다. 균일한 두께로 썰어야 한데 겹쳐 놓을 때 예쁘고 요리할 때 비슷하게 익습니다. 만약 두께가 서로 다르면 두꺼운 조각은 설익고 얇은 조각은 너무 익어 흐물거리는 참사가 벌어집니다. '보기 좋은 떡이 먹기도 좋다'는 속담은 라타투이처럼 형태와 맛이 직결될 때 잘 어울리는 말입니다. 애호박은 꼭지부터 끝까지 크기가 비슷해서 두께만 신경쓰면 되는데, 한쪽은 두껍고 꼭지 부분은 얇은 가지가 문제죠. 레스토랑이라면 크기가 맞는 부분만 넣고 나머지는 다른 요리에 쓰면 되지만 저는 라타투이 때문에 가지를 몇 봉지씩 살 수 없습니다. 어쩔 수 없이 큰 조각도 억지로 잘라서 사이사이 끼워 넣습니다.

걸쭉해진 토마토소스를 오븐용 팬에 깔고, 얇게 썬 호박과 가지를 빙 둘러가며 얹습니다. 토마토나 노란 애호박을 끼워 넣어서 색깔을 더 다채롭게 만들 수도 있습니다. 마지막으로 채소 위에도 소스를 뿌려 맛이 잘 배어들게 합니다. 이렇게 차곡차곡 쌓은 소스와 채소를 예열한 오븐에 넣고 익히면 끝.

굽는다고 해야 할지, 삶는다고 해야 할지, 찐다고 해야 할지, 애매합니다. 애매하기 때문에 누구나 쉽게 만들 수 있죠. 시간이 없을 때는 프라이팬에 토마토소스와 채소를 재빨리 볶아도 되고, 추운 날 뜨끈뜨끈하게 먹고 싶을 때는 국물을 자작하게 해서 스튜처럼 만들 수도 있어요. 라타투이는 남은 채소나 조리법에 따라 집집마다 레시피가 다릅니다. 집집마다 김치 담그는 방법이 다르듯이 말이죠.

접시에 소스를 깔고 채소들을 보기 좋게 쌓아올립니다. 파르메산 치즈를 갈아서 뿌리고 데친 아스파라거스나 허브 줄기를 올려 장식하면 더 맛있겠죠.

애니메이션에 나온 라타투이하고 비슷하게 보이려고 조금만 덜어 접시에 담습니다. 바닥에 소스를 약간 깔고, 조리된 채소를 모양이 흐트러지지 않게 올린 다음, 데친 아스파라거스를 한 줄기 올리고, 파르메산 치즈를 뿌려 마무리합니다.

겉보기는 비슷해도 영화에 나온 라타투이하고 많이 다릅니다. 픽사에서 〈라따뚜이〉를 만들 때, 세계 최고 요리사 중 한 명으로 꼽히는 토머스 켈러Thomas Keller에게 부탁해서 샘플을 만들었기 때문이죠.

원래는 대충 썰어 넣은 채소 스튜였지만, 몇몇 요리사는 얇게 썬 채소를 겹쳐 모양이 예쁜 라타투이를 만들었습니다. 그러다가 유명 요리사 미셸 게라르Michel Guérard가 '콩피 비알디 Confit byaldi'라는 새로운 라타투이를 만들죠. 채소를 기름에 볶는 대신 얇게 썰어서 오븐에 굽는 방법을 개발했죠. 토머스 켈러는 이런 콩피 비알디에 토마토소스를 바닥에 깔고 위에는 식초와 오일 소스를 올려 예술 작품처럼 아름다운 라타투이를 완성합니다. 가정식 요리를 레스토랑 요리로 만든 셈이죠. 프로듀서가 이틀에 걸쳐 제작 노하우를 배운 뒤 라타투이 요리 장면을 만들어냅니다.

접시에 담은 라타투이를 식기 전에 먹습니다. 토마스 켈러의 작품과 달리 특별한 재료나 뛰어난 기교가 들어가지 않아 맛은 심심합니다. 채소와 토마토소스가 잘 어우러진, 딱 그런 맛이죠. 다른 반찬 없이 라타투이만 먹을 수도 있고, 파스타를 삶아 소스로 얹어 먹기도 하고, 빵 위에 올려도 잘 어울리고, 밥하고 먹어도 괜찮습니다. 만들기 쉽고 여러 모로 활용할 수 있어서 자주 해먹는 메뉴입니다.

영화에서 안톤 이고가 라타투이를 먹고 어릴 적 부모님이 해준 맛을 떠올리는 장면은 의미심장합니다. 한국이라면 한정식집에서 먹은 김치찌개에서 집밥 맛이 난다는 얘기니까요. 비싼 음식값이 아깝게 느껴질 수 있는 반면, '정성의 맛'은 어디서나 비슷하다는 걸 깨닫습니다. 자식에게 먹이려고 엄마가 재료부터 정성스럽게 골라서 만든 집밥 라타투이와 최고의 요리 기술을 갈고닦은 셰프가 만든 레스토랑 라타투이는 겉모습은 다르지만 들어간 정성은 같을 테니까요.

사랑보다 중요한 케이크,
샤를로트 루스

뉴욕에는 관광 명소가 많습니다. 맨해튼 브리지를 볼 수 있는 덤보 지역은 영화에 나와서 유명해진 곳입니다. 〈원스 어폰 어 타임 인 아메리카〉(1984)의 포스터를 촬영한 곳이죠. 〈원스 어 폰 어 타임 인 아메리카〉는 〈대부〉(1972)에 밀려서 갱스터 영화 의 만년 2인자이지만, 저는 〈대부〉보다 〈원스 어폰 어 타임 인 아메리카〉를 더 좋아합니다. 사랑, 우정, 피를 부르는 복수가 치열하게 전개되고 로버트 드니로의 명연기와 엔니오 모리코 네의 감동적인 배경 음악 등 매력이 많죠. 이 영화에 푹 빠진 건 무엇보다 샤를로트 루스 케이크 때문입니다.

뉴욕에 사는 유대인 소년 팻시는 공동 화장실에서 이웃에 사는 소녀 페기를 마주칩니다. 팻시가 바지를 내리면서 자기 물건을 자랑하자 페기는 치마를 걷어올리면서 비웃듯이 응수 합니다. 욕망에 휩싸인 소년이 강제로 안으려 하자 소녀는 속 삭이듯 말합니다.

"공짜는 안 돼. 샤를로트 루스 케이크를 가져오면 하게 해 줄게."

풋풋한 소년과 소녀의 사랑에서 백만 광년 떨어진 대화죠.

1 케이크 껍질로 쓸 레이디핑거 쿠키 1봉지, 오렌지주스 1컵, 그랑 마르니에 2큰술을 준비합니다. 필링 재료는 베리 3컵, 설탕 2컵, 크림 1컵, 우유 1컵, 달걀노른자 2개, 바닐라빈 꼬투리 1개, 가루 젤라틴 1큰술 또는 판 젤라틴 6장이 필요합니다.

2 베리(딸기, 블루베리, 라즈베리, 블랙베리 등)에 설탕 1컵을 섞고 끓입니다.

3 끓인 베리를 체에 걸러 씨를 뺍니다. 물에 불린 젤라틴의 물기를 짜고 베리에 섞습니다.

1920년대 뉴욕 뒷골목 유대인 사회는 이런 모습이었습니다. 소녀는 몸을 팔아 돈을 벌고, 소년은 사기치고 강도질해 돈을 벌죠. 팻시는 거금 5센트를 들여 크림을 잔뜩 올린 샤를로트 루스 케이크를 사서 페기의 집으로 돌진합니다. 살짝 열린 문틈으로 몸을 씻는 페기의 뒷모습을 보며 침을 꿀꺽 삼키는 팻시. 기다리는 동안 선물로 마련한 케이크가 잘 있는지 확인하고, 포장지 주변에 묻은 크림을 손가락으로 훑어 맛을 봅니다. 성욕과 식욕의 치열한 다툼. 조금씩 조금씩 크림을 찍어 먹다가 결국 홀린 듯 케이크를 다 먹어버립니다. 그러고는 쓸쓸히 계단을 걸어 내려가죠. 10대 소년의 불타는 성욕도 이긴 무시무시한 케이크, 샤를로트 루스를 만들어봅니다.

케이크 껍데기로 쓸 레이디핑거 쿠키와 오렌지주스, 오렌지 술인 그랑 마르니에가 필요합니다. 필링으로 쓸 과일과 젤라틴, 달걀, 우유, 생크림, 바닐라빈, 설탕도 준비합니다. 원래 궁중 연회에 나오는 디저트여서 그런지 준비할 게 많네요.

배, 레몬, 체리 등 여러 과일을 쓰는데, 이번에는 믹스 베리입니다. 블루베리, 라즈베리, 블랙베리, 딸기 등을 골고루 섞어 세 컵 정도 준비합니다. 한 컵은 마지막에 장식용으로 써야 하니 남겨두고, 두 컵은 냄비에 넣고 설탕 한 컵을 더해 끓입니다. 딸기는 으깨면 과즙이 나오니까 따로 물을 넣지 않습니다. 팔이 빠져라 주걱으로 꾹꾹 눌러 으깨고 눌어붙지 않도록 계속 저어야 하죠. 자잘한 씨앗이 많아서 그대로 쓰면 먹을 때마다 씨가 씹히기 때문에 끓인 베리를 체에 한 번 거릅니다.

달걀노른자에 설탕 1컵을 넣고 거품기로 저어 크림을 만듭니다. 다른 냄비에는 우유와 크림, 바닐라 빈을 섞어 살짝 끓인 뒤, 데운 우유를 달걀 크림에 조금씩 섞어서 크렘 앙글레즈를 준비합니다.

걸러낸 베리 퓌레가 아직 뜨거울 때 물에 불린 젤라틴을 넣어 녹입니다. 인위적으로 굳힌 식감이 마음에 들지 않아서 저는 젤라틴을 싫어합니다. 무스나 크림에 젤라틴을 섞으면 부드럽지도 않고 탱탱하지도 않아 어중간하거든요. 샤를로트 루스는 젤라틴이 없으면 모양을 잡을 수 없기 때문에 어쩔 수 없이 써야 합니다.

과일 퓌레를 식히는 동안 크렘 앙글레즈를 만듭니다. 얼리기 전의 바닐라 아이스크림을 생각하면 됩니다. 만드는 과정이 똑같거든요. 크렘 앙글레즈는 '영국식 크림'이라는 뜻의 프랑스 말입니다. 프랑스 요리에서 많이 쓰는데, 영국에서 처음 만들었죠. 영국 사람들이 제과 제빵에 능숙했다면 '크렘 앙글레즈'는 '잉글리쉬 크림'이 됐을지도 모릅니다. 영국 사람들은 맛없기로 유명한 영국 요리에 걸맞게 크림을 그대로 퍼먹었고, 프랑스 사람들은 화려한 케이크와 과자에 크림을 활용하면서 크렘 앙글레즈라는 말이 더 널리 퍼졌습니다.

우유와 생크림을 1 대 1로 섞어 김이 올라올 정도로 가열하면서 바닐라빈을 긁어 넣고, 달걀노른자는 설탕 한 컵을 붓고 거품기에 돌려 크림으로 만듭니다. 달걀노른자에 데운 우유를 조금씩 부으면서 거품기를 돌리면 크렘 앙글레즈가 완성됩니다. 아이스크림은 대충 거품 내서 기계에 넣어 얼려도 되지만, 크렘 앙글레즈는 정성들여 거품을 내야 합니다. 주걱에 묻힌 다음 손가락으로 한 번 스윽 긁을 때 흔적이 고스란히 남을 정도로 되직해야 하거든요.

오렌지주스와 그랑 마르니에를 섞어 레이디핑거를 적신 뒤 틀 바닥에 깔고 벽도 세웁니다.

과일 퓌레와 크렘 앙글레즈를 냉장고에서 식히는 동안 케이크 껍데기를 준비합니다. 오렌지주스에 그랑 마르니에를 섞고 레이디핑거를 살짝 적십니다. 케이크 틀이나 무스 틀 바닥에 적신 레이디핑거를 깔고 주위를 빙 둘러가며 과자의 벽을 세웁니다. 중간에 자꾸 쓰러져서 짜증이 날 수도 있지만 생략할 수 없습니다. 샤를로트라고 부르는 케이크의 가장 큰 특징이 레이디핑거로 둘레를 감싼다는 점이니까요.

역사가 오래된 음식이 대부분 그렇듯 이름의 유래에 관한 몇 가지 설이 있는데, 그중 하나가 케이크 모양이 샤를로트 왕비가 즐겨 쓰던 모자하고 비슷하다는 이야기입니다. 정통 샤를로트 케이크는 비스듬하게 경사가 있는 전용 틀을 씁니다. 옛날 유럽 궁중의 호화로운 연회 장면에 자주 등장하는, 끝이 잘린 원뿔 모양 케이크가 바로 샤를로트 케이크죠. 또 다른 기록을 보면 소설 《젊은 베르테르의 슬픔》(1774)의 주인공 샤로테 부프를 기리려고 만들었다는 주장도 있습니다.

"샤로테는 마치 천사 같은 사람이야! 나, 참. 이런 소리는 누구나 애인에게 하는 말이지. 샤로테가 얼마나 완벽하고 또 어떤 이유에서 완벽한지 충분히 설명하기는 힘들다네. 총명하고도 순진하며, 착실하면서도 단호하고, 그렇게 활기차고 분주하게 움직이면서도 평온한 영혼을 지녔지. 샤로테를 묘사하려고 하는 모든 말은 다 조잡한 수다일 뿐이고 제대로 나타낼 수 없는 공허한 추상화일 뿐

과일 퓌레와 크렘 앙글레즈, 휘핑한 생크림을 같은 비율로 섞어 바바리안 크림을 만듭니다.

이야. …… 로테(샤로테의 약칭)가 함께 춤을 추기 시작했을 때는 얼마나 기뻤는지. 그 춤을 직접 눈으로 보아야만 하네. 샤로테의 온몸은 춤이 전부라는 듯이 하나의 조화를 이루지. 어떤 근심 걱정도 없이, 춤 외에는 아무것도 생각지 않고, 자연스럽게 춤을 춘다네. 그리고 그 순간, 샤로테 앞의 모든 것들이 사라지고 오로지 춤만 존재하는 기분이었어."

— 요한 볼프강 폰 괴테 지음, 박찬기 옮김, 《젊은 베르테르의 슬픔》, 민음사, 1999

괴테의 소설 《젊은 베르테르의 슬픔》은 많은 사람의 마음을 사로잡았습니다. 여성 주인공 샤로테는 시대를 뛰어넘어 최고의 이상형으로 꼽히기도 했죠. 신격호 롯데그룹 회장이 《젊은 베르테르의 슬픔》을 읽고 감명받아 기업 이름을 롯데로 지었다는 이야기는 유명합니다.

샤를로트 케이크는 종류가 많은데, 샤를로트 루스와 샤를로트 로열이 가장 인기가 많습니다. 샤를로트 로열은 회오리처럼 돌돌 말린 모양의 스위스 롤케이크를 반구형 무스 표면에 붙여 만듭니다. 만화 《원피스》에서 주인공들에게 능력을 부여하는 악마의 열매를 닮아서 유명하죠.

샤를로트 루스는 겉모습은 보통 샤를로트 케이크와 비슷하지만 바바리안 크림이 필링이라는 점이 다릅니다. 바바리안 크림은 젤라틴이 들어간 과일 퓌레와 크렘 앙글레즈를 섞어서 만듭니다. 이번에는 빨리 굳히려고 휘핑한 생크림을 더 추가해

1

2

1 레이디핑거로 만든 케이크 그릇에 바바리안 크림을 부어 굳힙니다.

2 바바리안 크림이 냉장고에서 다 굳으면 무스 틀을 조심스럽게 뺀 뒤 리본을 감습니다. 남은 베리
  들을 채워서 장식합니다.

서 1 대 1 대 1의 비율로 섞어 만들었지만요. 처음에는 바바리안 크림이라고 해서 '야만인barbarian' 크림이라니 이상하다 싶었는데, 알고 보니 현대 프랑스 요리의 기초를 세운 전설적인 요리사 앙토넹 카렘Antonin Careme이 독일 바이에른 주(바바리아 지역)를 여행하다가 개발해서 붙은 이름이더군요.

샤를로트 루스는 앙토넹 카렘이 러시아의 알렉산드르 1세 황제를 위해 모스크바에서 일할 무렵 만든 케이크입니다. 예전 고용주인 조지 4세의 딸 샤를로트 공주의 이름을 따고, 현재 고용주인 황제의 비위를 거스르지 않으려 뒤에 프랑스말로 러시아 사람이라는 뜻의 '루스Russe'를 붙여서 탄생했다고 합니다. 하지만 또 다른 기록에는 향수병에 걸려 고향을 그리워하던 앙토넹 카렘이 '샤를로트 파리지엔느', 곧 '파리 사람의 샤를로트 케이크'라는 이름을 붙였다가 나중에 러시아 황제의 눈치를 봐서 샤를로트 루스로 고쳤다는 말도 있습니다.

레이디핑거 틀에 바바리안 크림을 붓고 표면을 고르게 만듭니다. 냉장고에서 서너 시간가량 식혀 완전히 굳힌 다음, 위쪽에 남은 베리들을 얹으면 완성입니다. 레이디핑거가 무너질 수도 있기 때문에 리본을 묶어 보관하다가 먹기 전에 풀어서 자르죠. 리본 덕분에 선물 분위기가 물씬 풍겨서 그런지 빼빼로데이에는 레이디핑거 대신 빼빼로로 가장자리를 두른 '빼빼로 샤를로트 케이크'가 인기를 끌기도 합니다.

완성된 케이크의 모습을 잠깐 감상한 뒤, 리본을 풀고 한 조각 잘라서 맛을 봅니다. 바바리안 크림과 레이디핑거, 과일

1 다 만든 케이크는 그냥 먹어도 맛있지만 살짝 얼려도 좋습니다.

2 영화에 나온 샤를로트 루스는 스펀지케이크에 휘핑크림과 체리를 올린 초라한 케이크입니다.

토핑을 한꺼번에 포크에 올려서 먹습니다. 몽실몽실하게 마시멜로처럼 굳은 바바리안 크림과 그랑 마르니에의 향기 덕에 고급스러운 분위기를 연출하는 촉촉한 레이디핑거, 씹으면 새콤달콤한 과즙이 터져 나오는 베리들이 한데 어우러집니다. 맛 자체는 나무랄 데 없는데, 젤라틴이 들어간 바바리안 크림의 질감은 여전히 아쉽습니다.

남은 케이크는 과감하게 냉동실에 넣고 얼립니다. 바바리안 크림이 아이스크림 재료하고 같아서 살짝 언 아이스크림 케이크를 먹는 느낌입니다. 얼어붙은 베리는 과일 맛 얼음을 씹어 먹는 기분이라 부드러운 식감에 변화를 줍니다. 이렇게 먹다 보니 문득 깨닫습니다. 이 케이크는 영화에 나온 샤를로트 루스하고 하나도 닮지 않았네요.

영화에 나온 샤를로트 루스는 이름만 따온 불량식품에 가까운 케이크입니다. 스펀지케이크 위에 휘핑크림을 얹고 빨간 마라스키노 체리 하나를 올렸을 뿐이니까요. 폴라포처럼 아래를 밀어 올려 먹는 푸시팝 형태가 특징입니다. 이 케이크는 프랑스 요리가 아니라, 20세기 초중반에 유대계 이민자 사이에서 잠깐 유행했던 미국 음식입니다. 지금 뉴욕에서는 찾아보기 힘든 수준이죠. 맛있는 과자와 빵들이 넘쳐나는 요즘, 스펀지케이크에 크림만 얹은 케이크는 매력이 없으니까요.

궁중 연회에 쓰던 케이크와 크림 묻은 빵 쪼가리의 이름이 같다니, 결국 모든 것은 상대적입니다. 가난과 배고픔, 좌절감이 지배하던 뉴욕 뒷골목에서는 이렇게 약간의 단맛이야말로 무엇에도 견줄 수 없는 행복이었을 테니 말이죠. 혈기 왕성한 사춘기 소년이 아름다운 소녀를 포기하고 선택할 케이크라면 베르테르를 자살하게 만들 정도로 사랑스러운 여인 샤로테의 이름이 붙는 것도 이해는 됩니다.

서머싯 몸의 점심,
타이타닉의 저녁

서머싯 몸William Somerset Maugham이 쓴 소설은 잘 쓴 글인데도 좋아하기는 힘듭니다. 《인간의 굴레》(1915)에서 주인공 필립이 밀드레드에게 질질 끌려다니는 모습이나 《인생의 베일》(1925)에서 바람난 아내에게 복수하려고 중국 오지에 들어가서 콜레라에 걸려 죽는 월터를 보면 숨넘어갈 듯 갑갑해지죠.

그런 서머셋 몸의 소설 중에도 주인공의 '지질함'은 변함없지만 부담 없이 읽을 만한 재미있는 글이 한 편 있는데 단편소설 〈점심The luncheon〉입니다. 주인공은 작가로 조금씩 알려지고 있지만 여전히 하루 벌어 하루 먹고사는 신세입니다. 자존심 때문에 잠시 만나서 문학에 관해 토론하며 점심 대접을 받고 싶다는 팬레터를 거절하지 못합니다.

고급 레스토랑에서 중년 여성 팬을 만난 주인공은 속으로 점심값을 걱정하다가 점심엔 많이 먹지 않는다는 말에 안심합니다. 그러나 한 가지 요리만 먹겠다며 연어를 주문하더니, 연어를 기다리는 동안 캐비아를 주문하고, 캐비아에 곁들일 샴페인을 주문하고, 파리에 왔으니 아스파라거스를 안 먹고 가면 섭섭하다며 아스파라거스를 주문하고, 커피와 아이스크림

1 물 2.5리터를 기준으로 양파 400그램, 당근 200그램, 샐러리 200그램, 식초 120밀리리터를 넣습니다. 향신료로 파슬리 줄기 약간, 타임 1줄기, 월계수 잎 1장, 으깬 통후추 8~10알, 마늘 1일이 필요합니다.

2 거품이 살짝 올라올 정도로 끓는 물에 1시간가량 재료들을 우려낸 뒤 국물만 걸러냅니다.

을 주문하고, 마지막에는 제철도 아닌 복숭아를 집어먹으며 작가의 한 달 치 식비를 거덜냅니다.

주인공을 절망시킨 메뉴인 연어와 아스파라거스를 만들어 봅니다. 소설에 나오는 레스토랑의 이름은 '포요트Foyot'입니다. 파리의 상원 의원들이나 드나드는 고급 레스토랑인데, 1938년 에 폐점해 메뉴와 레시피를 알 길이 없습니다. 할 수 없이 프랑 스 요리의 대가인 오귀스트 에스코피에Auguste Escoffier의 레시피 를 참조합니다.

물에 채소와 향신료를 넣고 끓여 육수를 만듭니다. 쿠르부 용court bouillon이라고 하는 이 육수는 프랑스식 해산물 요리에 빠지지 않습니다. 연어를 삶을 때는 식초를 넣은 쿠르부용을, 조개 등을 삶을 때는 와인과 레몬이 들어간 쿠르부용을 만드 는 등 해산물에 따라서 재료가 미묘하게 달라집니다. 쿠르부 용으로 해산물을 삶으면 채소와 허브의 맛이 재료에 배어들 뿐 아니라 산성화된 육수 덕에 재료를 단단하게 만들 수 있습 니다. 프랑스식 요리법의 특징이 밑 준비부터 완성까지 단계마 다 숨은 맛을 내는 재료를 쓰면서 맛의 깊이를 만든다는 점입 니다. 언뜻 별로 달라 보이지 않지만 조그만 정성들이 모여서 평범한 식당 메뉴와 프랑스식 레스토랑 요리를 다르게 만들 죠. 요리를 할 때마다 되뇝니다.

"작은 정성이 큰 차이를 만든다."

쿠르부용을 끓이면서 홀랜다이즈 소스를 만듭니다. 홀랜다 이즈 소스는 허브를 우려낸 화이트 와인과 달걀노른자, 버터,

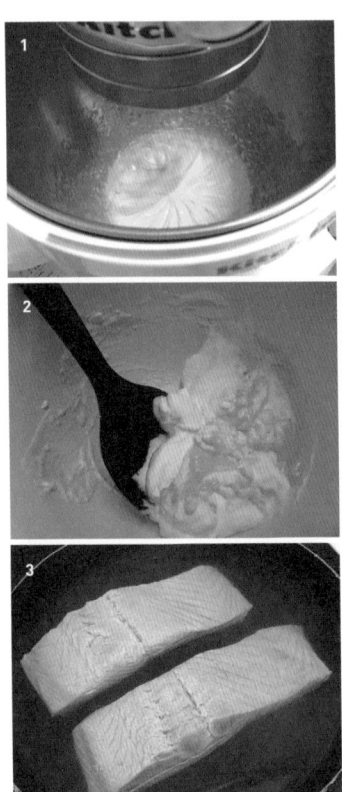

1 허브를 우려낸 와인 1큰술에 달걀노른자 2개를 풀고, 거품기로 계속 저으면서 열을 가합니다. 녹인 버터 180밀리리터를 흘려 넣으면서 되직하게 만들다가 마지막에 레몬즙으로 농도를 맞추고 소금과 핫소스로 간을 합니다. 히팅 볼로 가열하며 전동 거품기로 젓는 편한 방법이나, 스테인리스 볼을 중탕으로 데워 손으로 거품기를 젓는 고전적인 방법도 있습니다.

2 홀랜다이즈 소스에 다른 재료를 더하면 여러 가지 파생 소스를 만들 수 있습니다. 생크림을 섞으면 가벼운 무슬린 소스가 됩니다.

3 연어는 껍질이 아래쪽으로 가게 해서 쿠르부용에 넣어 삶습니다. 71~85도를 유지해야 합니다.

레몬즙으로 만듭니다. 브런치로 사랑받는 에그 베네딕트를 만들 때 빠질 수 없는 소스죠. 중탕으로 적절한 온도를 유지하며 거품기로 휘저어야 하는데, 분리되기 쉽기 때문에 대량으로 미리 만들어 놓을 수도 없어 손이 많이 갑니다. 기계의 도움을 받으면 편합니다. 히팅 볼의 온도를 중탕 정도로 맞춰놓고 거품기를 돌려가며 재료를 넣습니다. 온도만 제대로 맞추면 오랜 시간이 지나도 소스가 분리되지 않아서 신경써 보관할 필요도 없습니다.

홀랜다이즈 소스도 충분히 맛있지만, 이번에는 홀랜다이즈 소스에 휘핑한 생크림을 섞는 무슬린Mousseline 소스를 만듭니다. 휘핑크림과 홀랜다이즈 소스를 1 대 1로 섞어서 음식을 차리기 직전에 붓습니다.

연어 토막이 통째로 들어갈 넓은 냄비나 팬에 껍질 쪽을 아래로 놓고 쿠르부용을 부어서 삶습니다. 절대로 부글부글 끓이면 안 됩니다. 고온으로 삶으면 연어의 지방이 하얗게 새어 나오거든요. 덜 익은 건 더 삶으면 되지만 너무 익은 건 되돌릴 방법이 없으니 익힐 때 조심해야 합니다. 김이 나고 거품이 날락 말락 할 때 10분을 기준으로 연어 상태에 맞춰서 시간을 늘리거나 줄입니다.

아스파라거스가 나왔다. 큼직하고 즙이 많아 절로 군침이 돌 정도로 맛있어 보이는 녀석들이었다. 독실한 셈족 사람들이 불에 구운 고기를 제물로 바쳐 여호와의 콧구

1 곁들여 먹을 아스파라거스를 소금물에 삶아 줍니다.

2 얇게 썬 오이를 그릇에 깔고 연어와 아스파라거스를 올린 뒤, 무슬린 소스를 넉넉히 얹고 딜 1줄기를 올립니다.

멍이 벌름거렸듯이, 무르녹은 버터 냄새가 내 코를 벌름
거리게 만들었다. 그리고 염치도 없는 그 여인이 큰 입
가득히 아스파라거스를 욱여넣고 씹어 삼키는 것을 바
라보며 나는 태연하게 발칸 반도의 연극계 정세를 논의
해야만 했다.

― 서머싯 모옴 지음, 윤형목 옮김, 《점심》, 청목, 2001

연어를 조리하면서 소설 줄거리를 따라 아스파라거스도 삶
습니다. 요즘은 재배 기술이 발달해 값싸게 구할 수 있지만,
예전 프랑스에서 아스파라거스는 '귀족들의 채소'라고 불릴 정
도로 귀했죠. 루이 14세가 궁중 정원사에게 아스파라거스를
기르라고 특명을 내릴 정도였어요. 소설에서는 버터를 녹여서
삶아낸 듯하지만, 이미 버터가 듬뿍 들어간 무슬린 소스가 있
으니까 소금으로 간한 물에 살짝 데치기만 합니다.

오이를 얇게 썰어 접시에 깔고, 연어와 아스파라거스를 놓
은 다음, 무슬린 소스를 뿌리고, 기다란 향신료인 딜을 한 가
닥 얹으면 완성입니다. 서머싯 몸의 애환이 녹은 연어와 아스
파라거스 요리죠. '서머싯 몸의 점심.'

이 요리에는 '타이타닉의 저녁'을 제목으로 붙일 수도 있습
니다. 타이타닉 호 일등실에 탄 승객들이 저녁으로 먹은 10코
스 정찬에서 셋째로 나온 메뉴가 '무슬린 소스를 곁들인 연어
와 오이'거든요. 여러 이야기들이 얽힌 음식을 앞에 두면 무엇
을 떠올리며 음식을 먹을지 고민합니다. 익살스러운 서머싯 몸

의 소설이냐 아니면 비극적인 로맨스 영화냐에 따라 맛이 달라지기 때문이죠.

새콤하면서도 고소한 무슬린 소스는 연어뿐 아니라 아스파라거스나 오이하고 궁합이 잘 맞습니다. 살이 단단하게 요리한 연어와 서걱거리며 씹히는 느낌이 좋은 아스파라거스를 먹으면 연애 가능성은 전혀 없는 한참 연상인 여자 앞에서 허세를 부리다가 된통 당하면서도 마지막 남은 자존심을 지키려 애쓰는 남자의 마음을 헤아리게 됩니다. (여자) 후배들에게 학생식당이 아니라 레스토랑에서 비싼 밥을 사겠다고 주머니 탈탈 털며 허세를 부리던 과거의 내 모습이 떠오르기 때문입니다. 치기 어리고 지질한 모습이 이불을 차게 만들지만 순진한 모습에 슬며시 웃음짓게 되네요. 소설을 읽다보면 주인공의 당혹스러움보다 그뒤에 숨겨진 작가의 추억에 공감하게 됩니다.

육수가 잘 배어든 연어와 신선한 아스파라거스에 소스를 듬뿍 묻혀 먹으면 버터 향 가득한 포만감이 서머싯 몸이 보여주는 여유하고 잘 어울리니까요.

소울 푸드,
콘브레드

영어 단어가 한국에 들어와 뜻이 미묘하게 바뀌는 일이 있습니다. 믹서는 한국에서 칼날로 음식물을 가는 도구이지만 미국에서는 반죽기로 쓰이고, 핫도그는 한국에서 소시지를 막대기에 꽂아 반죽을 묻혀 튀긴 음식인데 미국에서는 길쭉한 빵 사이에 소시지를 끼운 음식입니다. 최근에 들어온 단어 중에 의미가 달라진 게 바로 '소울 푸드'입니다.

한국에서 '내 영혼의 음식'이라고 해석해서 '어릴 적 추억을 되새기는 정겨운 음식'으로 여기지만, 이런 뜻으로 미국에서 쓰는 단어는 '컴포트 푸드comfort food'입니다. 소울 푸드는 1960년대 미국 흑인 문화에 소울이라는 단어를 붙이는 게 유행하면서 생긴 단어라 한국 사람이 쓰기 애매합니다. 남부 흑인들이 북부로 올라와서 힘들게 살다가 만들어 먹던 고향 음식이 소울 푸드이기 때문입니다. '프라이드치킨은 내가 좋아하는 소울 푸드다'고 말할 수는 있어도 '한국 사람의 소울 푸드는 김치다'는 콩글리쉬인 셈이죠.

흑인 문화를 대표하는 소울 푸드는 프라이드치킨 말고도 검보 수프나 잠발라야 등 다양한 음식을 꼽을 수 있는데, 그

1 밀가루 1컵, 콘밀 1컵, 설탕 1/2컵, 베이킹파우더 1큰술, 소금 약간, 우유 1컵, 달걀 1개, 녹인 버터 1/4컵을 계량해서 준비합니다.

2 우유와 달걀, 버터를 먼저 섞습니다. 반죽할 때 액상 재료를 먼저 섞으면 믹싱 볼에 가루가 들러 붙는 일이 적어집니다.

3 가루 재료를 마저 섞습니다. 큰 멍울이 보이지 않을 정도로 대충 섞어야 콘브레드의 거친 맛을 살릴 수 있습니다.

중에서 콘브레드는 절대 빠지지 않습니다. 발효가 필요 없는 퀵 브레드이면서 옥수수가루가 많이 들어가 거칠지만 투박한 맛이 매력이죠.

먼저 액체 상태인 재료를 모두 섞습니다. 버터 4분의 1컵은 녹여서 붓고, 여기에 우유 한 컵과 달걀 한 개를 풀어서 거품기로 잘 젓습니다. 흔히 접하는 옥수수식빵은 밀가루 함량이 높고 효모를 써서 발효하는 '옥수수가루가 섞인 식빵'인 반면, 콘브레드는 베이킹파우더를 써서 부풀리고 옥수수가루를 많이 사용합니다.

콘브레드는 남부 흑인의 대표 가정식답게 레시피도 천차만별입니다. 밀가루나 설탕을 넣지 않고 옥수수가루로 만드는가 하면, 옥수수가루 색깔도 노란색, 흰색, 파란색 중 한 색깔만 고집하는 레시피도 있습니다. 무쇠 팬에 베이컨을 굽고 나서 그 기름에 반죽을 올리고 구워야 진정한 콘브레드라고 하는 사람도 있고요. 모닥불에 달군 괭이에 콘브레드 반죽을 구워서 만드는 괭이케이크hoecake까지 거슬러 올라가면, 그야말로 흑인 노예의 애환이 담긴 음식이라는 생각이 듭니다.

신기한 점은 한국 전후 세대도 콘브레드와 얽힌 추억을 간직하고 있다는 거죠. 1960년대 국민학교에서는 도시락을 싸올 형편이 안 되는 학생들에게 빵을 나눠줬는데, 그 빵이 콘브레드하고 비슷했습니다. 미국에서 남아돌던 옥수수를 원조받아 거칠게 빻은 옥수수가루에 분유와 물을 섞어 교실마다 있던 난로나 보일러실에서 굽거나 쪘다고 하죠.

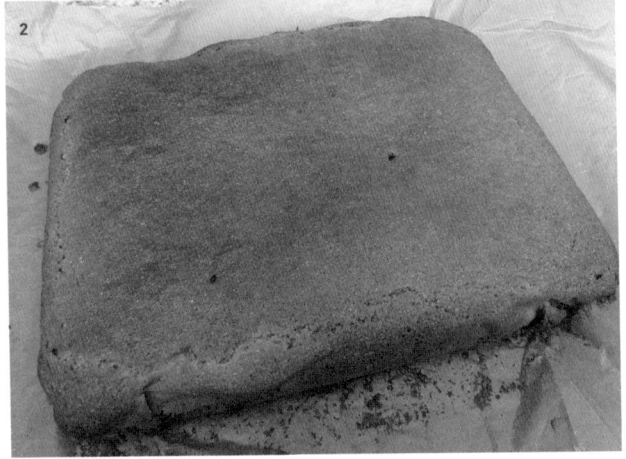

1 케이크 틀이나 무쇠 팬에 유산지를 깔고 반죽을 고르게 폅니다.

2 200도 오븐에 20~25분가량 굽습니다. 빵 속 온도가 94도가 되면 꺼냅니다.

빵집에서 밀가루와 달걀이 듬뿍 들어간 옥수수빵을 사 먹고 '그때 그 맛이 아닌데?' 하던 사람들이 정통 콘브레드를 먹고 나서야 '그래, 이게 그 옥수수빵이야' 하면서 추억을 떠올린다고 합니다.

지금도 인터넷에서 옥수수빵 레시피를 찾다보면 옥수수빵에 얽힌 추억들이 심심찮게 따라옵니다. 먹거리가 변변치 않을 때 옥수수빵을 먹겠다는 일념으로 추운 겨울 칼바람을 헤치며 학교에 갔는데, 집에서 기다리는 동생들 생각에 차마 먹지 못하고 소중하게 책보에 싸서 집에 돌아가 나눠준 이야기도 있었습니다. 옥수수빵을 통해 회상하는 1960년대 국민학교는 어떤 모습일지 궁금하기도 하고, 그 시절을 살아본 사람만이 간직한 추억이라는 향신료도 부럽기도 합니다.

액체 상태 재료를 다 섞으면 가루 상태 재료들을 섞어서 붓습니다. 밀가루, 설탕, 소금은 제과 제빵에서 늘 쓰는 재료이지만 옥수수가루와 베이킹파우더는 콘브레드를 만들 때가 아니면 보기가 쉽지 않습니다. 큰 멍울만 안 보일 정도로 대충 섞습니다. 너무 잘 섞으면 콘브레드 특유의 거친 느낌이 다 사라지기 때문이죠.

움푹 패인 오븐용 사각팬에 들러붙지 않게 베이킹 시트지를 깔고 반죽을 고르게 채웁니다. 베이킹 시트지가 없을 때는 버터나 식용유 등을 바릅니다. 위쪽 표면을 주걱이나 스패츌러로 고르게 편 뒤 200도 오븐에서 25분가량 굽습니다. 겉이 갈색으로 바뀌면 이쑤시개 등으로 가운데 부분을 찔러보면서 반

식혀서 네모나게 자릅니다. 원형 틀에 구워 피자처럼 부채꼴로 잘라 먹기도 합니다. 까끌까끌한 식감과 고소하고 달달한 옥수수 맛의 조화는 소박하면서도 중독성이 있습니다.

죽이 안 묻어날 때까지 굽습니다. 그래도 확신이 서지 않을 때는 온도계로 빵 가운데 부분이 섭씨 94도인지 확인하는 방법이 가장 정확합니다.

콘브레드를 구우면 고소한 옥수수빵 냄새가 집안 가득히 퍼집니다. 다 구워지면 틀에서 꺼내 식힘망에 완전히 식힙니다. 뜨거울 때보다 식었을 때 더 맛있는 빵이니까요. 다 식으면 네모반듯하게 자릅니다. 고소하면서 살짝 단맛이 돌고 촉촉하지만 입자가 거칠어서 먹다보면 목이 멥니다. 빵만 먹으면 금방 질리는데 우유 한 컵을 함께 먹으면 끝없이 들어가는 불가사의한 빵이죠. 머핀 형태로 만드는 '콘머핀'도 있지만, 네모나게 잘라서 먹으면 더 맛있는 기분이 듭니다. 왠지 남부 흑인 억양으로 외쳐야 할 듯하네요.

"디스 이스 마 솔 뿌드!"

콘브레드를 미국 흑인들의 음식으로 알게 되었던 계기는 영화 〈영광의 깃발〉(1989)였습니다. 덴젤 워싱턴하고 모건 프리먼, 〈라이온 킹〉(1994)의 심바 목소리로 유명한 매튜 브로데릭이 주연인데, 남북전쟁 때 자유를 위해 싸우기로 결심한 흑인 병사들이 겪은 고난과 시련이 잘 드러납니다.

소설을 읽건 영화를 보건 음식 이야기만 나오면 오래도록 기억에 남는 뇌 구조를 가진 저에게 이 영화에서 가장 인상 깊은 장면은 처절한 전투가 아니라 콘브레드였죠. 북부군 안에서도 인종 차별은 여전하고 흑인 병사들은 군화도 제대로 보급받지 못해 피투성이가 된 발을 끌고 훈련하던 상황이었습니

콘브레드는 우유나 수프를 곁들여 먹으면 더 맛있습니다. 또 다른 소울 푸드인 프라이드치킨하고
궁합이 잘 맞죠.

다. 주인공 트립은 근처 농장에 신발을 얻으러 가기로 마음먹고 다른 병사들을 꼽니다.

"친구가 그러는데, 멀지 않은 곳에 농장이 있대. 그런데 농장 주인이 음식을 대접했다는 거야. 친구들이랑 함께 오면 또 준대. 거기 가면 신발을 얻을 수 있을지도 몰라. 그리고 그레이비소스(고기 국물 소스)랑 콜라드 그린(푸른 잎채소 볶음)에 콘브레드까지!"

음식은 하나도 안 나오고 대사뿐인데도 탈영과 총살을 감수하게 할 만큼 매혹적입니다. 동료가 홀린 표정으로 침을 꿀꺽 삼킬 때는 고소하면서 까끌까끌한 콘브레드 생각에 저절로 침이 넘어갑니다. 미국의 인종 갈등을 이해하는 학습 자료로 본 영화인데, 콘브레드하고 궁합이 잘 맞는 음식 목록만 기억에 남아 있네요.

영화에도 나오지만 콘브레드의 진가는 수프나 소스 같은 걸쭉한 국물을 함께 먹을 때 발휘됩니다. 콘브레드를 한 입 물고 뻑뻑한 입안에 뜨거운 야채 수프를 흘려 넣을 때의 만족감, 빵을 반으로 잘라 국물을 듬뿍 찍어 흐물흐물해지기 시작하는 고소하고 부드러운 반죽이 주는 느낌, 흩어진 빵 부스러기를 머금고 한층 더 걸쭉해진 수프를 마지막 한 방울까지 다 마신 뒤 찾아오는 포만감까지.

콘브레드는 미국 남부에서 많이 기른 옥수수를 흑인 노예들이 갈아서 빵을 구워 먹으면서 시작된 음식입니다. 1960, 1970년대만 해도 흑인 음식 문화의 아이콘이었지만, 한국전쟁

전후를 산 세대에게는 학교에서 배급하는 기적 같은 음식이었고, 요즘은 건강을 생각해 먹거나 별식으로 대접받는 고소한 빵이 됐습니다.

오랫동안 다양한 사람들에게 다양한 이유로 사랑받은 콘브레드를 보면, 음식의 미덕은 맛이 전부는 아닌 듯합니다. 밀가루와 버터, 달걀, 설탕을 듬뿍 넣고 오랫동안 발효해서 만드는 옥수수빵보다 굵은 옥수수가루에 베이킹파우더를 뿌려 만드는 거친 옥수수빵이 더 많이 사랑받는 데에는 추억이 큰 구실을 하니까요.

잃어버린 시간의
홍차 마들렌

날씨가 선선해지고 가을이 시작되면 끊어진 부분을 다시 이어가는 기분이 듭니다. 여름휴가이건, 여름 방학이건, 더위를 피해 집 안에서만 지냈건, 다들 나와서 늦봄에 하던 일을 이어나가죠. 가을은 여름 동안 안부가 뜸하던 사람들을 초대해서 밥을 먹거나 티타임을 갖기 좋은 계절이기도 합니다. 본격적으로 할 일이 밀어닥치기 전에 누리는 마지막 여유죠.

차를 마실 때 곁들이면 좋은 마들렌을 만들기로 합니다. 재료는 밀가루, 버터, 설탕, 달걀, 베이킹파우더와 소금 약간입니다. 홍차 마들렌을 만들 찻잎도 조금 준비합니다.

달걀을 깨 넣고 거품기로 저으면서 설탕을 조금씩 넣습니다. 밀가루와 베이킹파우더, 소금, 홍차를 넣고 멍울이 지지 않게 잘 섞습니다. 녹인 버터를 조금씩 흘려 넣으면서 계속 저으면 홍차 마들렌을 구울 반죽이 완성됩니다.

오늘의 홍차는 트와이닝 사의 레이디 그레이입니다. 포숑 사의 애플티, 마리아쥬 프레르 사의 마르코폴로, 루피시아 사의 사쿠란보처럼 홍차 회사마다 대표 홍차가 하나씩 있는데, 트와이닝 사는 레이디 그레이를 앞세웁니다.

1 마들렌 12개를 기준으로 달걀 2개, 밀가루 100그램, 설탕 100그램, 버터 100그램, 베이킹파우더 1/2작은술(2그램), 홍차 1~2작은술을 준비합니다.

2 달걀과 설탕을 거품기로 저어 크림으로 만들고 섞어놓은 가루 재료들을 체 쳐서 넣습니다. 녹인 버터를 흘려 넣으면서 잘 섞습니다.

3 원래 홍차를 가루로 만들어 넣어야 하지만, 레이디 그레이를 쓸 때는 푸른 콘플라워가 아까워서 대충 부숴서 넣기도 합니다.

레이디 그레이를 이야기하려면 얼그레이 홍차부터 알아야 합니다. 유럽의 여러 홍차 회사들이 아삼이나 실론, 다르질링 등 재배 지역과 품종을 무기로 경쟁하다가 여러 찻잎을 섞거나 식물에서 추출한 에센셜 오일을 넣으면서 독특한 제품들을 만들기 시작합니다. 에센셜 오일을 넣은 홍차를 가향 홍차라고 하는데, 얼그레이는 이 방식의 선구자나 다름없습니다.

영국 총리를 지낸 찰스 그레이 백작의 이름을 따서 백작이라는 뜻의 '얼Earl'을 붙여 그레이라고 불렀죠. 이름의 유래를 둘러싸고 그레이 백작이 중국인 관리에게 선물로 받았다는 설과 백작의 집에서 일하던 하인이 석회질 많은 물을 중화하려고 만들었다는 설이 있습니다. 얼그레이 홍차의 가장 큰 특징은 오렌지 종류인 베르가모트에서 추출한 향을 입힌 점입니다. 흔히 생각하는 상큼한 오렌지 향기하고는 달리 강한 향이라서 호불호가 꽤나 갈리죠.

얼그레이를 처음 생산한 회사라고 주장하는 트와이닝은 사람들에게 친숙한 감귤 향을 살린 레이디 그레이를 출시합니다. 말린 오렌지 껍질과 레몬 껍질, 푸른 꽃이 들어 있죠. 이 푸른 꽃은 수레국화 또는 콘플라워로 부릅니다. 옥수수 꽃이 아니라 옥수수 같은 여러 작물을 기르는 논밭에서 흔히 보여 이런 이름이 붙었습니다. 프로이센의 루이제 아우구스테 왕후가 나폴레옹이 이끄는 프랑스군을 피해 도망치다가 콘플라워 밭에 숨어서 위기를 넘긴 뒤 독일의 국화로 신분이 상승하기도 했죠.

1 마들렌 틀에 반죽을 70~80퍼센트 정도 채웁니다.

2 175도 오븐에서 10~15분 정도 구운 뒤 식힘 망에 놓고 식힙니다.

얼그레이는 향신료 느낌이 날 정도로 베르가모트 향이 강하지만, 레이디 그레이는 '레이디'라는 이름으로 알 수 있듯이 순한 오렌지와 레몬 향, 부드러운 국화 향, 친숙한 감귤 향이 납니다. 얼그레이가 너무 강해서 선뜻 손이 가지 않는 사람들이 입문하기 딱 좋은 제품입니다.

다 만들어진 반죽은 짤주머니에 담아서 냉장고에 넣고 한 시간 정도 숙성합니다. 숙성이 끝나면 조개 모양의 마들렌 팬을 준비합니다. 마들렌이 스펀지케이크하고 다른 점은 독특한 모양인데, 전용 틀이 없으면 마들렌을 만들 수가 없죠. 나중에 떼기 쉽게 팬에 기름이나 버터를 살짝 바르고, 반죽을 70~80 퍼센트만 채웁니다. 가득 채우면 부풀어 오르면서 넘치는 불상사가 일어납니다.

섭씨 175도 오븐에서 10분 정도 굽습니다. 빵이나 과자를 구우면 항상 맛있는 냄새가 나지만, 특히 마들렌을 만들 때면 어디에도 비할 수 없는 달콤한 버터 향기가 가득 퍼지며 감각을 자극합니다. 음식의 맛과 향기는 다른 무엇보다 강력한 기억을 남기는 듯합니다.

침울했던 하루와 서글픈 내일에 대한 전망으로 마음이 울적해진 나는 마들렌 조각이 녹아든 홍차 한 숟가락을 기계적으로 입술로 가져갔다. 그런데 과자 조각이 섞인 홍차 한 모금이 내 입천장에 닿는 순간, 나는 깜짝 놀라 내 몸 속에서 뭔가 특별한 일이 일어난다는 사실에 주목

했다. …… 그 맛은 내가 어릴 적 콩브레에서 일요일 아침마다 레오니 아주머니 방으로 인사를 하러 갈 때면, 아주머니가 곧잘 홍차나 보리수차에 적셔서 주던 마들렌 과자의 맛이었다. 실제로 프티트 마들렌을 맛보기 전에는 아무것도 생각나지 않았다. 그 이유는 아마도 빵집 진열장에서 자주 보면서도 먹은 적이 없었기 때문에 그 이미지가 콩브레에서 보낸 나날과 멀리 떨어져 보다 최근 날들과 연결되었기 때문일 것이다. …… 연약하지만 생생하고, 비물질적이지만 집요하고 충실한 냄새와 맛은, 오랫동안 영혼처럼 살아남아 다른 모든 것의 폐허 위에서 회상하고, 기다리고 희망하며, 거의 만질 수 없는 미세한 물방울 위에서 추억의 거대한 건축물을 꿋꿋이 떠받치고 있다.

— 마르셀 프루스트 지음, 김희영 옮김, 《잃어버린 시간을 찾아서》, 민음사, 2013

마르셀 프루스트Marcel Proust의 자전적 소설 《잃어버린 시간을 찾아서》에도 홍차에 적신 마들렌은 주인공이 잊고 있던 과거를 회상하게 만드는 중요한 열쇠가 됩니다. 유명한 장면이라 냄새를 통해 과거를 기억하는 것을 '프루스트 현상'이라고 할 정도죠. 장편 소설인데다가 만연체를 넘어 극악하기로 유명한 긴 문장들이 가득해 끝까지 읽지는 못했지만, 맛과 향이 주는 강렬한 기억의 흔적에는 깊이 공감합니다.

마들렌을 구우면 퍼지는 달달하고 고소한 냄새에 어릴 적

등굣길이 생생하게 떠오르기 때문입니다. 갓 구운 빵 냄새가 흘러나오는 동네 빵집 앞에서 코를 킁킁거리며 한껏 숨을 들이쉬었죠. 버터 향 가득한 가게 앞에 산더미처럼 쌓인 종이 달걀판, 창문 너머 진열대에 하나둘 자리를 차지하는 식빵과 바게트, '오늘의 추천 메뉴' 간판을 달고 김을 모락모락 피우는 피자빵, 이 풍경을 뒤로하고 발길을 옮기는 내 손에서 달랑거리던 실내화 주머니까지. 마치 시간 여행을 하는 듯한 경험에 프루스트 현상을 실감합니다.

반죽이 점점 부풀면서 솟아오르는 가운데 부분을 마들렌의 '배꼽'이라고 부릅니다. 설익으면 배꼽이 올라오지 않고 너무 익으면 배꼽이 터지기 때문에 잘 구워지는지 확인하는 지표로 씁니다. 다 구운 마들렌은 오븐에서 꺼내 팬에 둔 채로 조금 식힌 다음, 팬에서 꺼내 배꼽이 위로 올라가게 해 망에서 마저 식힙니다. 배꼽 부분이 부드러워 망에 닿으면 그릴 자국 난 스테이크처럼 무늬가 남거든요.

한쪽 면은 바삭바삭하고 다른 쪽은 부드러운 마들렌은 달달하면서 폭신폭신해 홍차나 커피에 곁들이면 좋습니다. 버터와 설탕 함량이 높아 고소하면서도 단맛이 강해 입에서 살살 녹네요. 오렌지 향이 잘 어울려서 오렌지 껍질을 긁어 넣는 레시피도 있지만, 감귤 향이 은은하게 풍기는 홍차를 넣는 게 더 마음에 듭니다.

티파티에 쓰려고 2층 트레이에 담으니까 그럴듯하네요. 1층에는 바나나빵이 자리를 잡습니다. 마들렌이 달달한 간식이라

마들렌은 홍차나 커피에 잘 어울리는 티파티 단골 과자입니다. 갓 구워 따뜻하고 바삭할 때 먹을지, 조금 식혀서 촉촉하고 부드러워지면 먹을지 언제나 고민합니다.

고소하고 짭짤한 스콘이나 비스킷을 놓으면 궁합이 더 잘 맞을 텐데, 스콘에 발라 먹을 과일잼도 없고, 클로티드 크림도 없고, 크림치즈도 없어 그냥 바나나빵을 올려봤어요. 다양한 모양의 쿠키나 조그만 초콜릿 트러플을 곁들이면 고급스러운 분위기의 티타임을 즐길 수 있습니다.

마들렌은 이름이 마들렌인 요리사가 프랑스 왕 루이 15세에게 만들어 바친 조개 모양 과자에서 나왔다고 합니다. 루이 15세는 조개 모양 과자가 마음에 들어 과자에 요리사 이름을 붙입니다. 이 이야기는 마들렌이 조개껍질 모양인 이유를 설명하지 못해서, 저는 성 야고보에 얽힌 전설이 더 마음에 듭니다.

성 야고보는 영어로 세인트 제임스, 프랑스어로 생자크, 스페인어로는 산티아고죠. 기독교를 전파하러 예루살렘에서 스페인까지 순례를 떠난 성 야고보는 예루살렘으로 돌아와 순교한 뒤 성자로 추존됩니다. 제자들이 성 야고보의 관을 바다에 띄우자 어디선가 나타난 조개들이 시신을 덮어 보호해 스페인까지 떠내려갔다고 하죠. 성 야고보가 물에 빠진 기사를 구했는데 기사의 온몸에 조개가 가득 붙어 있었다는 다른 이야기도 있습니다. 그 뒤 조개는 성 야고보의 상징이 됐고, 프랑스에서는 생자크가 조개 요리를 뜻할 정도입니다.

오랜 세월 성 야고보를 기리는 많은 순례자들이 프랑스에서 스페인까지 820킬로미터나 되는 '산티아고 순례길'을 걸었습니다. 순례자들은 몸에 지니고 다니던 조개껍질을 교회에 보여주며 순례자라는 사실을 증명하고 식사를 대접받았습니다. 프랑스 로렌 지방에 살던 마들렌이라는 요리사도 빵을 구워 순 례자들을 대접했는데, 성 야고보를 기리기 위해 조개 모양으로 만든한 일이 마들렌의 시초라는 설도 있죠.

군이 기나긴 순례길을 걷지 않아도 마들렌을 먹을 수 있습 니다. 만들기가 쉬워 손님을 초대할 때도 좋죠. 달콤한 마들렌 과 향긋한 홍차를 나누며 즐거운 티타임을 보내다보면 마들렌 에 군데군데 박힌 수레국화의 꽃말이 떠오릅니다.

'행복은 멀리 있지 않아요.'

줄리, 줄리아,
뵈프 부르기뇽

"이 요리를 하면서 줄리아와 내가 시간과 공간을 초월해
서 이야기하는 것처럼 느꼈어요. 아주 친밀하고, 영적이
고, 불가사의한 차원에서 말이죠."

— 영화 〈줄리 앤 줄리아〉, 2009

줄리아 차일드는 텔레비전 요리 프로그램에 나와 1960~1970
년대 미국 가정에 프랑스 요리법을 전파해서 유명해진 요리
사입니다. 영화 〈줄리 앤 줄리아〉에서 요리 블로그를 운영하
는 줄리는 줄리아 차일드의 레시피로 뵈프 부르기뇽을 만들면
서 반세기 전 인물인 줄리아 차일드하고 깊은 교감을 나눴다
고 말합니다. 이런 교감은 요리를 하는 많은 이유의 하나입니
다. 직접 경험할 수 없는 시간과 장소를 음식이라는 매개체를
통해 간접 체험하는 거죠. 낯선 외국 요리를 먹으며 현지 분위
기를 느끼거나, 추억의 음식을 먹으며 흘러간 과거를 되새기기
도 합니다. 저는 줄리가 줄리아 차일드가 아니라 '요리사들의
왕'인 오귀스트 에스코피에하고 접신하면 더 좋겠다고 생각하
지만요. 뵈프 부르기뇽은 오래 전부터 만들어 먹던 프랑스 요

1 3~4인분 기준으로 소고기 목살 또는 어깨살 800그램, 양파 1개, 당근 1개, 샐러리 2~3줄기, 타임 7~8줄기, 월계수 잎 3~4장, 마늘 3~4톨, 부르고뉴 와인을 마리네이드 재료로 준비합니다.

2 채소와 고기를 큼직한 주사위 모양으로 자르고 허브를 뿌립니다. 재료가 잠길 정도로 레드 와인을 붓고 냉장고에서 하루 정도 숙성합니다.

리이지만 조리법을 체계적으로 확립한 사람은 에스코피에니까요. 조리법을 집대성하고, 천재적인 요리를 많이 만들고, 주방의 서열과 분담 체계까지 고안했습니다. 서양 요리, 특히 프랑스 요리계에서 위인으로 추앙받죠. 에스코피에에 견주면 줄리아 차일드는 '엄청나게 뛰어난 요리사'보다는 '최초의 텔레비전 스타 셰프'죠.

영화에도 나온 줄리아 차일드의 대표 메뉴인 뵈프 부르기뇽을 만듭니다. 마리네이드 재료로 소고기 목살, 샐러리, 양파, 당근, 타임, 월계수 잎, 마늘, 와인을 준비합니다. 나중에 끓일 때는 생 토마토나 토마토퓌레, 버섯, 베이컨도 들어갑니다. 마리네이드 재료를 움푹 파인 용기에 담고 와인을 붓습니다. 달지 않은 레드 와인을 쓰는데, 부르고뉴 와인이 좋습니다. 부르고뉴풍 소고기 요리니까요. 한국에서는 비프 부르기뇽으로 많이 부르는데, 영어와 프랑스어가 섞인 이름이라 혼란스럽네요. 프랑스식은 뵈프 부르기뇽, 영어식은 비프 버건디입니다.

그러고 보면 많은 프랑스 요리에 '부르고뉴식'이라는 수식어가 붙습니다. 품질 좋은 와인을 생산하는 지역이라 음식을 만들 때 와인을 자주 사용하는 프랑스 요리에 빠질 수 없는 단어죠. 문제는 명성만큼 가격이 만만치 않다는 점입니다. 값싼 부르고뉴 와인도 2만 원은 합니다. 게다가 와인 한 병을 다 넣습니다. 재료비에서 가장 큰 비중을 차지하죠. 시간이 없으면 서너 시간 정도 재우지만, 와인 맛이 제대로 들게 하려면 냉장고에서 하루 정도 묵혀야 합니다.

1 마리네이드를 한 고기를 건져 물기를 뺀 뒤 밀가루를 뿌립니다.

2 양파 1개를 주사위 모양으로 썰고, 당근과 샐러리를 양파 절반 정도 되는 양만큼 썰어서 미르포 아를 만듭니다. 베이컨 2~3줄과 토마토퓌레 1큰술 또는 껍질과 씨를 빼고 잘게 자른 토마토 1개 를 준비합니다.

3 스튜 냄비에 베이컨을 볶다가 기름이 나오면 소고기를 넣고 겉이 갈색으로 될 때까지 굽습니다. 미르포아를 넣고 볶다가 양파가 노릇해지면 버섯과 토마토를 넣고 가열합니다. 마리네이드를 할 때 쓴 와인을 부어 디글레이즈를 합니다.

하루가 지나면 와인 따로, 고기 따로, 채소 따로 걸러냅니다. 와인에 물든 고기가 검붉은 색깔을 띱니다. 키친타월로 물기를 없앤 뒤 밀가루를 살짝 뿌려서 문지릅니다. 스튜 냄비에 베이컨과 소고기를 볶다가 적당히 익으면 채소를 넣습니다. 데미글라스 소스를 만들 때도 나왔지만 양파, 당근, 샐러리의 조합인 미르포아는 프랑스 요리에서 자주 등장합니다. 양파 2, 당근 1, 샐러리 1의 비율로 채소를 큼지막하게 썰어서 쓰죠.

얼추 볶아지면 토마토퓌레나 잘게 자른 토마토를 넣고 으깨질 때까지 볶습니다. 재료에 토마토가 완전히 어우러지고 물기가 다 증발해서 바닥에 살짝 타는 듯 눌어붙기 시작할 때까지 볶아야 합니다. 이렇게 눌어붙은 부스러기를 브랜디나 와인 등을 부어서 긁어내는 디글레이즈를 합니다. 처음에는 '검게 그을린 탄 찌꺼기를 굳이 긁어먹는다고' 하며 거부감이 들었는데, 더 진한 맛을 내는 비결이었습니다. 몇 번 하다보니 이제는 디글레이즈를 하지 않으면 허전할 느낌이 들 때도 있네요.

뵈프 부르기뇽을 만들 때는 마리네이드할 때 사용했던 와인으로 디글레이즈를 합니다. 수분이 다 증발해서 자글자글 끓다 못해 타기 직전인 팬에 와인을 붓는 순간 치익 하고 끓는 소리가 나면서 하얀 와인 증기가 솟아오릅니다. 가스레인지에 도수 높은 와인을 쓰면 와인 증기에 불을 붙이는 '플람베'를 할 수도 있죠. 불이 붙어도 와인의 알코올이 날아가면 자연스럽게 꺼지니까 당황하지 말고 재료들이 타지 않도록 잘 휘젓습니다. 이때 말로 표현하기 힘든 맛있는 냄새가 납니다. 소

1 허브를 더 넣습니다. 타임 2~3줄기, 월계수 잎 1~2장, 파슬리 잎, 통후추 10알 정도를 스테인리
   스 망이나 다시망 등에 담아 우립니다.

2 중간중간 거품과 기름을 걷어내면서 4시간 정도 약불이나 중간불에서 끓입니다.

고기 굽는 냄새와 와인 향기가 섞인 냄새가 따로 나는 게 아니라, 새로운 음식으로 변신하는 순간이죠.

향신료도 준비합니다. 타임과 월계수 잎, 파슬리, 통후추를 넣습니다. 예쁘게 만들려면 허브를 모양 좋게 모아서 끈으로 묶은 부케 가르니를 만들 수도 있지만, 오랫동안 끓여야 해서 중간에 풀어지고 흩어지는 불상사를 막으려면 문명의 이기, 스테인리스 거름망을 활용합니다. 특히 파슬리 같은 허브는 오래 끓이면 이파리가 축 늘어져 여기저기 흩어져서 보기가 좋지 않거든요. 치즈 거르는 천에 허브를 담은 뒤 보자기를 만들어 넣는 전통적인 '사셰 데피스sachet d'épices'를 고집하기도 하지만, 구하기 쉬운 스테인리스 다시망으로 해도 큰 차이는 없습니다.

와인과 육수를 붓고 약한 불에 끓입니다. 팔팔 끓이지 말고 조그만 거품이 보글보글 올라올 정도로 가열합니다. 기름이 많이 뜨기 때문에 중간중간 거품과 기름을 걷어내야 합니다. 영화에서는 오븐에 넣고 두 시간 반을 조리하다가 도중에 잠들어 다 태워 먹고 뵈프 부르기뇽을 다시 만들지만 초대한 손님이 못 오는 바람에 헛수고가 됐죠. 영화를 보면서 놀란 부분은 음식을 태웠다는 사실이 아니라 타이머를 두 시간 반으로 맞춘 점이었습니다.

'겨우 두 시간 반, 150분이라니!'

줄리아 차일드가 쓴 책《프랑스 요리 마스터하기Mastering the art of French cooking》(1961)에는 뵈프 부르기뇽을 만들 때 고기를 3시간에서 4시간 동안 조리하라고 써 있거든요. 미국에서 제가

고기가 부스러지지 않게 조심해서 접시에 담습니다. 감자나 껍질콩, 진주 양파(pearl onion) 등을
곁들여 먹습니다.

사는 집은 집세에 전기세가 포함된다는 사실에 감사하며 네 시간을 꽉 채워 끓입니다. 중간중간 졸아들면 남은 와인을 마저 붓습니다. 식힌 다음 냉장고에 넣어 하루 묵히고, 다음날 다시 끓여서 먹습니다. 맛있게 먹으려면 재우는 데 하루, 끓이는 데 반나절, 묵히는 데 하루 해서 거의 사흘은 걸리네요. 그 과정에서 와인을 계속 졸이며 맛의 에센스를 농축시키는 기분, 오랫동안 꾸준히 위에 뜨는 기름을 걷어낸 끝에 기름기가 떠다니지 않는 국물을 볼 때의 개운함, 시간이 지나 모든 재료가 조화롭게 어우러질 때 느끼는 감정은 말로 표현하기 힘듭니다. 이 경지에 다다르면 요리는 식재료를 조리하는 작업이 아니라 여러 재료를 증류하고 정화하던 중세 연금술사들처럼 최상의 뭔가를 찾아 한 걸음 한 걸음 앞으로 나아가며 완벽함을 추구하는 의례라는 느낌이 듭니다.

삶은 감자에 버터를 넣고 으깬 다음 둥글게 뭉쳐서 접시에 놓고, 주위를 빙 둘러 뵈프 부르기뇽을 얹습니다. 타임 한 줄기를 얹으면 완성입니다. 다 끓인 뵈프 부르기뇽은 포크나 젓가락으로 들면 부스러질 정도로 부드럽습니다.

프랑스 고급 요리가 시작된 루이 14세 시절에는 치과가 없어서 왕족이건 귀족이건 치아가 부실한 사람이 많았습니다. 그래서 뵈프 부르기뇽처럼 고기를 오랫동안 조리해 부드럽게 만들수록 고급 요리로 대접받았다는 말도 있죠. 오랫동안 끓인다는 점에서 난방용 화롯불 위에 가마솥 하나만 걸고 재료를 있는 대로 집어넣고서 물 많이 부어 주구장창 끓인 '가난한 사람들의 수프'하고 다른 점이 없어 보이지만요. 이원복 교수가 낸《먼나라 이웃나라》에는 이런 구절이 있죠.

"수프는 재료에 물을 넣어 양을 불린 음식이기 때문에 가난한 사람이나 먹는다는 인식이 있지만, 물 대신 포도주를 넣는 순간 그 음식은 저질 요리에서 단번에 최고급 요리로 바뀐다."

부드럽게 오랫동안 끓인 소고기이지만, 와인 향이 깊이 배어들어 갈비찜하고는 전혀 느낌이 다릅니다. 뵈프 부르기뇽은 맛이 꽤나 강하기 때문에 빵이나 감자를 곁들여 먹으면 좋습니다. 와인 향에 익숙해지면 밥반찬으로 괜찮기도 하고요.

와인과 향신료를 낯설어하는 한국 사람들에게 뵈프 부르기뇽은 호불호가 갈립니다. 음식에 와인을 곁들여 먹는 것도 익숙지 않은데 아예 와인에 말아먹는 요리는 더 낯설기 때문입니다. 입맛뿐 아니라 정서적 공감대도 서양 사람하고 다르죠. 한글로 검색한 뵈프 부르기뇽 레시피는 대부분 2009년에 개봉한 영화 〈줄리 앤 줄리아〉를 언급합니다. 반면 영어 레시피는 1960년대에 방영된 줄리아 차일드의 텔레비전 요리 프로그램을 언급합니다. 50년 세월만큼 다른 셈이죠. 문화란 이렇게 서로 다릅니다. 실망할 필요는 없습니다. 한국 사람에게는 한국 사람만의 정서와 역사가 얽힌 요리들이 많이 있으니까요.

내 생일
축하합니다

사람마다 요리를 시작하는 계기는 다양합니다. 그중에서 책이
나 영화에서 본 음식을 실제로 먹고 싶은 마음도 뺄 수 없습니
다. 음식을 맛깔스럽게 표현한 사진이나 글귀를 보면 먹고 싶
은 욕망이 들죠. 음식을 주변에서 찾기 힘들 때는 재료를 구해
직접 만들기도 하죠. 텔레비전 요리 대결 프로그램에 나온 한
참가자가 기억에 남습니다. 어쩌다 요리를 시작하게 됐냐고 심
사위원들이 묻자 요리 만화책이 계기라고 대답했죠. 다들 한심
해하는 기색이 역력했죠. 그런데 그 참가자가 만든 음식이 정
말 맛있어서 심사위원들은 그릇을 깨끗하게 비웁니다. 요리 만
화를 계기로 요리 대결 프로그램에 참가한 사람이 우승까지
거머쥐는 드라마를 연출한 거죠.

요리 만화만큼 강력한 동기를 주는 매체도 찾기 힘듭니다.
요리 잡지나 음식 사진 등은 요리 뒷이야기나 배경 지식을 담
는 데 부족하고, 소설은 맛을 해설하고 요리 이야기를 풀어나
갈 수는 있어도 구체적인 이미지를 보여주지는 못합니다. 이
미지와 이야기가 같이 나오는 만화야말로 군침을 삼키며 직접
요리하게 만드는 강력한 계기가 되죠.

1 슈를 만들 재료로 우유 230밀리리터, 물 230밀리리터, 버터 230그램, 밀가루 230그램, 달걀 8
개(약 450그램)를 계량합니다. 필링을 만들 생크림 2컵, 설탕 1컵, 크림치즈 225그램, 슈가파우더
110그램, 레몬 1개, 바닐라 에센스 1작은술, 초콜릿 커버처 1컵을 준비합니다.

2 물과 우유, 버터를 끓이다가 밀가루를 넣고 바닥에 살짝 달라붙을 정도로 볶습니다. 반죽기에 돌
리면서 달걀을 하나씩 넣습니다.

많은 요리 만화 중에서 제게 큰 영향을 미친 작품은 《서양 골동 양과자점》(2002)입니다. 한국에서는 '앤티크'라는 단어를 붙여 〈서양골동양과자점 앤티크〉(2008)라는 영화가 됐죠. 앤티크 가구와 식기 같은 서양 골동품을 갖춰놓고, 일본에서 양과자라고 부르는 케이크와 디저트를 파는 가게죠. 재벌 아들과 경호원, 마성의 게이 파티셰, 부상 때문에 조기 은퇴한 복서 등 네 명이 모여 과자점을 꾸려가며 다양한 사람들을 만나는 이야기입니다. 남성 독자들이 몰입할 이야기는 아닙니다. 과자점이 아니라 호스트 소굴 같다는 반응이 나올 정도로 주인공 네 명이 꽃미남이고, 동성애를 가볍게 풀어내는 전개로 여성 독자들이 열광하죠. 저는 만화에서 멋지게 묘사한 베이커리 '앤티크'의 모습이 너무 마음에 들어서 네 권을 모두 샀지만요.

만화에 나오는 여러 디저트들 중에 가장 화려한 케이크인 크로캉 부슈를 만듭니다. 슈를 만들 우유, 물, 버터, 제빵용 밀가루, 달걀이 필요하고, 속을 채울 생크림, 초콜릿 거버처, 치즈크림, 슈가 파우더, 레몬 등도 준비합니다.

'슈chou'는 프랑스어로 양배추라는 뜻입니다. 조그마한 양배추처럼 동글동글한 모양이라서 이런 이름이 붙었는데, 겉모습은 귀엽지만 얇고 바삭한 껍질이 푹 꺼지기 쉬워서 제대로 만들기는 쉽지 않죠. 이번에는 조그마한 베이비 슈를 사용하기 때문에 사정이 좀 낫지만요. 냄비에 물과 우유, 버터를 넣고 끓이다가 제빵용 밀가루를 붓고 계속 젓습니다. 반죽을 살짝 볶듯이 젓다가 가루가 다 섞이고 알맞은 점도가 되면 믹싱 볼에

프린트된 실리콘 페이퍼를 쓰면 반죽을 똑같은 크기로 더 쉽고 빠르게 짜낼 수 있습니다. 짜낸 반죽 위에 분무기로 물을 살짝 뿌리고 손가락으로 한 번씩 살짝 누릅니다.

옮겨 담습니다. 반죽기로 휘저으면서 달걀을 하나씩 깨뜨려 넣습니다. 한꺼번에 넣지 말고 한 알만 넣어서 다 섞이면 한 알 더 넣는 식으로 천천히 합니다.

짤주머니에 슈 반죽을 담아서 베이킹용 유산지나 실리콘 페이퍼 위에 조그맣게 짭니다. 숙달된 페이스트리 셰프라면 눈 감고 짜도 똑같은 크기로 금방 짤 수 있겠지만, 아직 그 정도 실력이 되려면 멀었으니 미리 인쇄된 실리콘 페이퍼의 도움을 받습니다. 중국의 유명 문필가 구양순은 붓이나 종이를 가리지 않고 좋은 글씨를 썼다고 해서 '능서불택필能書不擇筆', 명필은 붓을 가리지 않는다는 말까지 생겼죠. 저는 '실력이 부족하면 좋은 도구라도 써야 한다'고 해석합니다. 초보 주제에 소화도 제대로 못하는 비싼 도구를 사서 '개발에 편자' 소리를 듣는 일도 꼴불견이지만, 꼭 필요하다고 생각되는 주방 용품이라면 하나 장만하는 편이 몇 년에 걸친 연습 없이도 비슷한 수준의 결과물을 만드는 비결이니까요. 다만 점점 얇아지는 지갑과 지갑 두께에 반비례해 쌓이기만 하는 갖가지 도구들을 놓을 장소를 마련해야 한다는 압박은 있지만요.

도구의 힘을 빌려서라도 비슷한 크기로 반죽을 짜는 일이 중요한 이유는, 보기에 좋은데다가 고르게 익힐 수 있기 때문입니다. 크기가 뒤죽박죽이면 저 슈는 설익고 이 슈는 다 타는 불상사가 일어날 수도 있거든요. 이렇게 반죽을 다 짜면 분무기로 물을 살짝 뿌리고, 물을 묻힌 손가락으로 뾰족한 꼭지 부분을 한 번씩 누릅니다. 겉이 너무 빨리 익어서 딱딱해지면

1 생크림을 휘핑하고 반으로 나눠 두 가지 필링을 만듭니다. 하나는 크림치즈와 슈가파우더를 섞어
  크림으로 만든 뒤 휘핑한 생크림과 레몬 제스트를 더한 치즈 필링, 다른 하나는 휘핑한 생크림에
  녹은 초콜릿을 섞은 가나슈 필링입니다.

2 짤주머니를 꽁무니에 대고 필링을 짜 넣습니다. 볼록하게 부풀면서 통통해지는 슈가 귀엽네요.

그 딱딱한 껍질에 갇힌 슈가 제대로 부풀지 못하기 때문이죠. 뾰족한 꼭지를 그대로 구우면 그 부분만 까맣게 타기 때문이 기도 하고요. 모든 준비가 끝나면 겉이 먹음직스러운 황갈색으로 바뀔 때까지 180도 오븐에서 약 30분간 굽습니다.

슈를 굽는 동안 필링을 만듭니다. 보통 생크림과 달걀을 끓여서 만드는 커스터드를 채우거나 간단하게 생크림을 휘핑해서 넣습니다. 이번에는 좀더 색다른 맛을 만들려고 치즈크림과 초콜릿 가나슈의 두 종류를 만들었습니다. 먼저 생크림에 설탕을 섞어 휘핑한 뒤 절반으로 나눕니다. 치즈크림은 필라델피아 크림치즈, 슈가 파우더, 레몬 껍질을 갈아 만든 제스트를 섞은 뒤 휘핑한 생크림에 합치고, 초콜릿 가나슈는 녹인 초콜릿과 생크림을 섞어서 만듭니다. 크림치즈는 고소하면서도 상큼한 레몬 맛이 돋보이고, 초콜릿 가나슈를 넣은 슈크림은 부드럽고 달달한 초콜릿 필링이 마치 시중에서 파는 초콜릿으로 속을 채운 과자를 먹는 맛이라서 친숙하게 느껴지죠.

다 구운 슈는 식힘 망 위에 놓아 완전히 식히고, 필링 재료는 냉장고 안에서 차갑게 냉각합니다. 준비가 끝나면 짤주머니에 재료를 채우고 빵 안에 크림을 채워넣습니다. 조금 번거롭더라도 짤주머니는 절반만 채워야 합니다. 너무 많이 채우면 꾸덕하게 굳은 크림을 짜기가 힘들 뿐 아니라 나중에는 체온때문에 필링이 녹거든요. 짤주머니 끝에 끼우는 깍지가 있으면 좋지만, 없을 때는 칼끝으로 슈 아래쪽에 조그맣게 구멍을 뚫어도 됩니다. 이렇게 슈 속을 하나씩 채우면 어릴 적 풀리지 않

설탕 2컵에 물 1컵을 섞은 뒤 160도까지 끓여서 설탕 시럽을 만듭니다. 슈를 담갔다가 다진 견과류나 가루 재료에 굴려 토핑을 하면 다양한 색깔을 입힐 수 있습니다.

던 홈런볼 과자 속 초콜릿의 비밀을 마침내 푼 훌륭한 어른이
된 기분이라 왠지 뿌듯합니다.

슈크림을 그냥 이대로 쌓아올려 크로캉 부슈를 만들어도
되지만, 토핑을 더해서 좀더 멋지게 꾸밉니다. 벨기에 와플을
만들 때 많이 쓰는 진주 설탕, 도넛 토핑으로 흔히 보는 무지
개 빛깔 스프링클, 코코넛 가루나 온갖 견과류까지 색이 뚜렷
하고 맛있는 재료면 뭐든지 장식 재료로 쓸 수 있습니다. 이번
에는 녹색 견과류인 피스타치오를 넣습니다. 칼로 잘 다져서
견과류하고 상성이 좋은 초콜릿 슈크림 겉에 붙입니다.

견과류를 슈크림에 붙이려면 먼저 녹인 설탕이 필요합니다.
설탕 두 컵에 물 한 컵을 붓고 불을 붙입니다. 부글부글 끓는
설탕의 거품 모양이 바뀌고 온도가 160도에 이를 때까지 계속
가열해야 합니다. 그 온도가 돼야 나중에 식을 때 설탕 결정이
생기면서 단단해지기 때문이죠. 워낙 고온으로 끓이다보니 냄
비 가장자리에 튀는 설탕물이 까맣게 타기가 쉬운데, 이걸 그
대로 놔두면 쓴맛이 섞일 수도 있기 때문에 주방용 붓에 물을
적셔서 닦아야 합니다. 아니면 돈을 좀 들여 설탕 작업 전용으
로 구리 냄비를 장만해도 좋죠. 설탕 작업용 구리 냄비는 안쪽
이 코팅돼 있지 않아 관리가 힘든 대신 열전도율이 높아 가장
자리에 튄 설탕이 타지 않거든요.

녹은 설탕이 든 냄비와 슈크림, 다진 피스타치오를 자리에
놓습니다. 설탕은 뜨겁기만 한 게 아니라 끈적하게 들러붙기
때문에 끓는 물보다 훨씬 위험합니다. 안전과 위생을 위해 미

1 토핑하고 남은 설탕 시럽이 굳으면 다시 가열해서 녹인 뒤, 슈의 아랫부분에 시럽을 묻혀 유산지 고깔에 붙입니다.

2 남은 설탕 시럽에 포크를 찍어 올리면서 실처럼 늘어지는 설탕 그물을 크로캉 부슈에 감습니다.

리 최적의 동선을 계산해서 각 재료를 배치해야 합니다. 커다란 그릇에 얼음물을 채우고 손에 설탕이 묻으면 얼음물에 담가 화상을 막아야 하죠. 준비가 끝나면 슈크림 아랫부분을 손가락 끝으로 잡고 조심스레 윗부분을 설탕에 담갔다가 뺍니다. 그 상태로 피스타치오에 굴린 뒤 식히면 토핑 완료입니다. 완성한 슈크림은 다시 냉장고에 넣어 충분히 식힙니다. 설탕의 열기 때문에 안에 든 필링이 녹을 수 있으니까요. 시간을 아끼려는 욕심에 그대로 탑을 쌓으려다가 초콜릿이 줄줄 흘러나온 아픈 경험으로 얻은 교훈입니다.

슈크림이 충분히 차가워지면 설탕을 다시 한 번 녹여서 탑을 쌓기 시작합니다. 숙달된 제과 장인이라면 별 다른 도구가 없어도 크로캉 부슈를 쌓을 수 있지만 실력이 모자라면 쌓다가 무너지기가 십상입니다. 그냥 눕혀서 쌓으면 쉬우련만, 그렇게 만든 크로캉 부슈는 예쁜 트리 모양이 아니라 그저 슈크림 무더기로 보이기 때문에 반드시 옆으로 세워 쌓아야 합니다. 슈크림 바닥을 녹은 설탕으로 적시고 또 다른 슈크림을 옆에 세우는 과정은 벽돌에 시멘트 발라 담을 쌓는 일하고도 비슷합니다. 네모반듯한 벽돌이 아니라 부서지기 쉬운 둥근 과자를 원뿔형으로 쌓아야 한다는 점이 문제지만요. 어지간한 내공으로는 탑을 쌓기도 힘들고, 어찌어찌 쌓아도 예쁜 모양이 안 나오거나 중간부터 기울어지며 피사의 사탑이 되는 일도 많죠. 아예 처음부터 틀을 하나 세워놓고 붙이는 게 마음 편합니다. 제과용 유산지나 실리콘 페이퍼 등으로 고깔 모양을 만들어 고정한 다음 녹은 설탕이 묻은 슈크림을 한 줄씩 붙입니다. 맨 꼭대기까지 완성되면 냉장고에서 완전히 굳힌 뒤, 안쪽의 유산지를 구부려서 틀을 제거합니다. 제과 장인이 만든 작품처럼 칼 같은 각도를 유지하면서 높이 쌓아올린 크로캉 부슈가 완성되죠.

"24일에 요 근처 친구 집에서 파티를 하니까 배달 좀 해주세요. 케이크는 크로캉 부슈로."

"크로캉 부슈라면 프랑스 결혼식에서 쓰는 그거 말씀인가요? 슈크림을 산더미처럼 쌓아올린."

"크리스마스트리를 닮아서 예쁘잖아요. 어려워요? 못 하시면 그냥 됐어요."

"(발끈) 천만에요! 기꺼이 주문 받겠습니다."

"그 위에다 시럽으로 데코레이션을 해주세요."

"시럽이라면, 그 뭐냐, 시럽을 실같이 가느다랗게 몽실몽실 감아올리는 그거 말씀이신가요?"

"시럽 장식을 하는 게 더 크리스마스 느낌이 나잖아요. 못 하시면 그냥 됐다니까요."

"(식은 땀을 흘리며) 천만의 말씀! 당연히 기쁜 마음으로 해드려야죠."

— 요시나가 후미 지음, 장수연 옮김, 《서양골동 양과자점》, 서울미디어코믹스, 2002

단골손님인 파마머리 아줌마가 특별 주문한 크로캉 부슈.

주인공 다치바나는 산타클로스 복장을 입은 채 빨간색 포르쉐를 타고 산더미처럼 쌓아올린 슈크림을 배달합니다. 손님네 주방에서 설탕을 녹인 뒤 주문을 외치며 설탕 그물을 만들죠.

"하느님, 부처님, 천재 파티셰 오노 님!"

이 모습을 지켜보던 술 취한 아저씨 손님은 감동한 나머지 호들갑을 떨죠.

"아이고, 나는 이제 산타 님 팬이 돼버렸어!"

바로 이런 소소한 고급스러움이 저를 만화에 빠지게 만들었습니다. 수십만 원짜리 '앤티크 글라스'를 물 잔으로 내놓는 가게, 프랑스 결혼식에나 쓰이는 케이크를 크리스마스 파티용으로 주문하고 설탕 시럽도 빼놓지 않는 아줌마, 한입만 먹어보고도 파티셰가 예전에 일한 가게를 알아채는 할머니, 결혼식 피로연에서도 케이크 옆에 대충 꽃을 뿌려놓지 않고 꽃꽂이를 공부해서 스카비오사랑 라일락이랑 다이아몬드 릴리로 부케를 만드는 주인공까지, 단지 비싸다거나 명품이라는 이유로 물건을 고르지 않고 음식과 물건에 스민 깊이를 이해하며, 자기의 취향과 미학에 맞는 선택을 하는 삶이 멋있어 보였죠. 이 만화를 보면서 느낀 동경, 그리고 저 경지에 들어서면 보이는 세상은 어떤 모습일까 하는 호기심이 여러 음식을 맛보고 직접 요리를 하는 데 큰 원동력이 됐습니다.

이렇게 큰 감동을 준 설탕 시럽 그물도 빠질 수 없습니다. 흔히 볼 수 있는 슈크림빵과 높다랗게 쌓은 슈크림, 설탕 그물을 두른 슈크림의 차이는 별로 크지 않습니다. 그 미세한 차이

설탕 그물 위에 은색 설탕 구슬을 뿌리거나 꽃을 꽂아서 더 예쁘게 장식할 수도 있습니다. 충분히 감상한 크로캉 부슈를 여러 사람하고 나눠 먹으면 더 맛있습니다.

가 더해져 아이들 간식으로 먹던 슈크림이 웨딩 케이크나 크리스마스 케이크로 바뀌죠. 먼저 설탕을 녹여 시럽으로 만든 뒤 살짝 식힌 다음, 포크나 젓가락 등으로 크로캉 부슈 위에서 휘휘 돌려가며 뿌립니다. 너무 뜨거우면 방울져서 떨어지니까 시럽을 찍어 올려서 실처럼 길게 늘어질 때 작업해야 하죠. 길게 늘어나는 설탕 실을 한 바퀴씩 계속 돌려 감으면 어느새 황금빛으로 반짝이는 설탕 그물이 크로캉 부슈를 감쌉니다. 설탕으로 만들어서 부러지고 녹기 쉽기 때문에 케이크를 냉장고에서 꺼낸 뒤 그 자리에서 바로 시럽 장식을 하면 좋습니다.

프랑스어로 '크로크Croque'는 바삭거리며 부서지는 것, '부슈Bouche'는 입을 뜻합니다. 입안에서 바삭하게 부서지는 과자라는 뜻이죠. 설탕을 바른 슈크림 표면이 입안에서 달고나처럼 와사삭 부서지면 이름 참 잘 지었다며 고개가 끄덕여집니다. 왠지 추억이 느껴지는 달달한 녹은 설탕 맛 뒤로 버터와 달걀의 힘만으로 부풀어 오른 부드러운 슈의 고소한 맛이 따라옵니다. 연이어 꾸덕한 필링이 입안을 장악하죠. 진한 크림치즈에 상큼한 레몬 향이 핵심인 치즈 필링과 다크 초콜릿의 쌉쌀함이, 생크림과 피스타치오에 어우러진 초콜릿 가나슈 둘 다 맛있습니다. 하나씩 떼어놓고 보면 그닥 고급스러운 재료도 없는데 한데 모아놓으니 격이 높아진 기분이네요.

이렇게 정성껏 만든 크로캉 부슈는 학교에 가져가서 나눠 먹었습니다. 제 생일이라 만든 케이크이기 때문이죠. 자기 생일에 직접 케이크를 만드는 모습이 왠지 청승맞아 보입니다. 가족들이 먼저 한국으로 들어가고 혼자 미국에서 학교를 다니다 보니 생일을 축하하는 건 네이버 메인 화면의 로고뿐입니다.

아무도 내 생일을 축하하지 않는다며 소파에 드러누워 좌절하거나, 슈퍼마켓에서 사온 미국식 초코파이인 '문파이'에 촛불 하나 꽂아놓고 노래를 부를 수도 있습니다. 한밤중에 귀신이 나올 듯한 골목길을 두려움에 벌벌 떨며 지나가는 사람이 있는 반면에 흥겨운 노래를 부르며 무서운 마음을 이겨내는 사람도 있죠. 노래를 부른다면 어설픈 춤이라도 춰야 더 낫듯이, 내 생일 케이크를 만들 거라면 외로움이나 서러움을 모조리 쫓아낼 듯 화려한 케이크를 만들어 주변 사람들하고 나눠 먹어야 더 좋겠죠.

잘 쌓아올린 크로캉 부슈를 나눠 먹다보니 예전에 몇 번 만든 어설픈 슈크림 무더기들이 떠오르며 더 성장한 나를 실감합니다. 제대로 부풀어 오르지 않아 떡이 된 슈, 기껏 만들었더니 냉장고 안에서 반나절만에 녹아내린 설탕 그물, 물이 들어가는 바람에 찐득찐득한 괴물체가 된 가나슈, 몇 번을 반복해도 중간에 무너지는 바람에 결국 그만둔 크로캉 부슈 쌓기까지, 기억 속 실패의 그림자 때문인지 반짝이는 크로캉 부슈가 더 높고 눈부시게 느껴집니다. 그러고 보면 나를 위한 생일 케이크로 딱 알맞다 싶기도 하네요. 소설 《무탄트 메시지》(2003)에서 '참사람 부족'들이 그렇듯이 단순히 태어난 날을 축하하는 행위보다 내가 더 나은 사람이 된 일을 축하하는 행위가 훨씬 의미 있으니까요.

COURSE 4

시아이에이
입학 세트

시작은
콩소메

2018년 여름 어느 날, 책장을 노려보며 고민에 빠져 있었습니다. 정보학 박사 과정을 수료하고 영혼을 갈아 넣어야 통과한다는 박사 논문을 준비하고 있었죠. 전공 서적과 학술 논문에 집중해도 모자랄 판에 내 책장은 왜 절반 넘게 요리책일까. 이게 맞는 걸까, 새로운 시도를 해야 하나. 오랜 고민을 끝낸 계기는 짐 캐리가 마하리쉬 대학교 졸업식에서 한 축사였죠.

"하고 싶지 않은 일을 하면서도 실패할 수 있습니다. 그렇다면 사랑하는 일에 도전하세요."

그 뒤 제 인생은 완전히 바뀌었습니다. 노트북과 학술 논문 대신 식칼과 레시피 책을 손에 들게 됐어요. 다른 요리학교도 아니고 뉴욕에 있는 미국요리학교The Culinary Institute of America·CIA에서 말이죠. 약자로 말하면 미국 중앙정보부하고 헷갈리기 때문에 듣는 사람을 흠칫하게 만들지만 세계적으로 세 손가락 안에 꼽히는 명문 요리학교입니다. 대학원 공부를 하던 중 기분 전환하러 시아이에이 부설 레스토랑을 찾아갔을 때 이미 예정된 일인지도 모릅니다. 아름다운 학교 건물을 가득 채운 맛있는 음식 냄새가 마치 천국에 온 기분이었으니까요.

요리마다 적합한 고기 부위나 분쇄 정도가 다 다릅니다. 조금 번거로워도 다짐육을 직접 갈아 만들면 맛을 한층 더 끌어올릴 수 있죠.

복잡한 기술을 배우며 화려한 요리를 만들게 되리라던 기대와 달리 입학하고 한동안은 당근과 양파, 감자, 셀러리만 손에 잡았죠. 네모반듯하게 자르고, 같은 간격으로 채를 썰고, 더 빨리 껍질을 벗기는 단순 작업의 연속이었습니다. 뭔가 더 한다면 연습이 끝난 채소에 닭 뼈를 넣고 우려내 육수를 만들거나 수프를 끓이는 정도였어요.

어느 날 드디어 셰프가 오늘은 좀 어려운 요리를 만든다고 해서 다들 눈을 반짝였습니다. 그 기념비적인 음식은 바로 콩소메 수프였죠. 학교에서는 미리 준비된 소고기 다짐육을 사용했지만, 집에서 복습 삼아 만들 때는 남아 있던 허벅지살을 직접 갈았습니다. 미국 마트에서 파는 분쇄육은 햄버거용이라 기름기가 너무 많거든요.

프랑스 요리의 전설 오귀스트 에스코피에는 수프를 두 종류로 나눴습니다. 맑은 수프와 걸쭉한 수프죠. 클래식 수프는 두 범주에서 벗어나지 않습니다. 그 밖의 수프는 스페셜티 수프라고 하죠. 한국에는 인스턴트 가루 수프가 널리 퍼져서 수프라고 하면 걸쭉하고 불투명한 수프를 떠올립니다. 맑은 수프는 돈 아깝다고 불평하기 때문에 식당에서 찾기가 어렵죠.

투명하고 맑아서 유명한 콩소메 수프는 그만큼 낯설었습니다. 요리 만화책에서 콩소메가 나올 때는 '콩으로 만든 수프'라고 생각했어요. 콘소메라고 쓴 책을 읽은 때는 콩이 아니라 '옥수수 수프'라고 착각했죠. 콩소메는 프랑스어로 '완벽하게 하다consommer' 또는 '완성하다'라는 뜻에서 붙은 이름입니다.

1 4인분 기준으로 치킨스톡(육수) 5컵, 소고기 분쇄육 340그램, 달걀 3개, 양파 1개와 각각 그 절
반 분량의 당근과 샐러리, 토마토 1개, 파슬리 줄기 3~4개, 월계수 잎 1장, 타임 1줄기, 통후추 8
알, 정향 1알을 준비합니다.

2 양파의 풍미를 더하고 색을 내기 위해 양파를 볶아 어니언 브륄레를 만듭니다.

재료는 미르포아, 토마토, 소고기, 달걀, 향신료 묶음인 사셰데피스가 전부입니다. 미르포아와 사셰는 매일 수업 시작할 때마다 만들어 봐서 새로운 재료는 소고기와 달걀뿐입니다. 몇몇 학생들은 익숙하다 못해 지루한 재료 때문에 실망했죠. 그렇지만 콩소메를 만들어본 학생들은 방심하지 않았습니다.

　　달걀은 흰자만 따로 모으고, 채소는 얇고 길게 썰어줍니다. 육수 만들 때 넣는 미르포아는 주사위 모양으로 대충대충 썰어도 되지만, 콩소메를 만들 때는 기다랗게 채 썰어야 합니다. 토마토도 칼집을 내어 데친 다음 껍질과 씨를 걸러내야 정석이지만, 콩소메에는 씨와 껍질도 모두 씁니다. 콩소메를 끓이면서 뗏목을 띄워야 하기 때문이죠. 건더기 재료들이 수프 위에 저절로 뭉쳐서 둥둥 뜰 수 있게 재료 손질부터 신경써야 합니다. 주걱으로 고기와 채소, 달걀흰자를 골고루 섞어야 해요.

　　무쇠 팬을 꺼내서 달군 다음, 양파를 손질하면서 따로 챙겨둔 양파 꼭지 부분을 굽습니다. 절반 정도 탈 만큼 팍팍 태웁니다. 어니언 브릴레, 곧 태운 양파죠. 나중에 뗏목에 얹어 풍미를 더합니다. 수업 시간에는 대형 철판 위에 여러 개를 주르륵 늘어놓고 한꺼번에 태울 수 있었지만, 집에서 하려면 무쇠 팬이나 스테인리스 팬이 꼭 필요합니다. 흔히 쓰는 테프론 코팅 팬은 온도가 높아지면 발암 물질이 나오거든요.

　　콩소메는 육수가 차가울 때부터 재료를 함께 넣고 끓여야 합니다. 다른 수프처럼 육수를 먼저 끓이다가 다른 재료를 섞으면 정체불명의 잡탕이 소환되니까 주의해야 합니다. 열심히

1 차가운 치킨스톡 5컵에 고기 반죽을 넣고 잘 젓습니다. 수프가 뜨거워지고 대류 현상이 일어나면 그만 젓고 불을 줄입니다.

2 조그만 거품이 올라오고 보글보글 끓으면 고기와 채소가 뭉치면서 뗏목이 만들어집니다. 뗏목 위에 어니언 브륄레를 올립니다.

만든 닭 뼈 육수를 냄비에 붓고 뗏목 재료를 섞습니다. 국물과 채소, 건더기가 잘 풀어지게 휘휘 젓고, 허브와 소금을 넣고 다시 젓습니다. 콩소메를 끓이는 원리는 단백질 응고인데, 온도, 소금, 산성, 교반이 단백질을 굳히는 4대 요소입니다. 온도는 수프를 끓이면서 올라갈 테고, 소금은 넣었고, 산성도는 껍질과 씨앗까지 넣은 토마토가 책임질 테니 잘 섞이게 휘젓기만합니다. 슬슬 끓기 시작하면 불을 줄이고 가만히 기다립니다.

거품이 조금씩 보글보글 올라오다가 다진 고기와 채소, 달걀흰자가 국물 위로 둥둥 뜨며 뭉치기 시작합니다. 아까 만든 어니언 브륄레를 뗏목 위에 표류자처럼 올려줍니다. 육수에 녹은 단백질, 소고기 분쇄육의 단백질, 달걀흰자의 단백질 등이 떠돌아다니며 국물을 뿌옇게 만들다가 온도가 올라가고 염도와 산성도가 알맞게 되면 꼬여 있던 분자 구조가 슬슬 풀리면서 서로 뭉칩니다. 단백질 응고 현상입니다. 끓는 육수에서 일어나는 대류 현상 때문에 위쪽으로 올라간 단백질이 길쭉한 채소들에 맞물리면서 응고돼 뗏목을 만들죠.

뗏목의 완성도는 콩소메 수프의 성패에 직결됩니다. 잘 만들어진 뗏목이 효과적으로 단백질 분자를 끌어모으거든요. 너무 높은 온도로 팔팔 끓이면 단백질이 분해돼 수프를 다시 뿌옇게 만드니 온도 조절을 잘해야 합니다.

요리 초보는 콩소메를 끓일 때 실패할 확률이 높습니다. 요리에 익숙하지 않은 사람이 흔히 하는 3대 실수가 레시피 마음대로 바꾸기, 중간에 간 보기 생략, 무조건 강한 불로 요리

1 잘 만든 콩소메는 투명해서 콩소메 국물 너머로 글자를 읽을 수 있을 정도입니다.

2 맑은 수프답게 간단한 고명을 넣어 먹습니다. 위에 부담을 주지 않고 가볍게 먹을 수 있어 아침 밥으로 좋습니다.

하기라는 말도 있으니까요. 조그만 거품이 보글보글 올라오는 온도를 유지해야 하는데, 시간 없다고 온도를 높인 학생들은 결국 계란탕을 앞에 두고 좌절했습니다.

한 시간 남짓 끓인 수프를 국물만 떠서 커피 필터에 한 번 걸러 부스러기나 기름 등을 걸러내죠. 국물을 다 떠내면 커다란 뗏목만 덩그러니 남는데, 버리기 아까워 재활용할까 하는 마음이 들다가도 음식물 쓰레기통에서나 볼 법한 모습에 미련을 접습니다. 이렇게 걸러내도 간혹 기름 몇 방울이 남아서 둥둥 뜨는데, 유산지를 길게 잘라 표면에 띄운 뒤 건지면 됩니다.

잘 끓인 콩소메는 수프 그릇 바닥에 가라앉은 가니쉬 재료가 다 보인다고 합니다. 진짜 잘 만든 콩소메는 한술 더 뜹니다. 큰 병에 채운 다음 그 밑에 신문을 깔아도 기사를 읽을 수 있을 정도로 투명하니까요. 병 아래 깔아놓은 신문의 글자가 보입니다. 이번 콩소메는 아주 잘 만들어졌네요.

중세 프랑스에서 어느 주방장이 깐깐한 귀족 주인에게 앙심을 품고 '어디 한번 굶어봐라' 하면서 재료를 수프 냄비에 다 쓸어 넣고 도망쳤습니다. 나중에 와서 보니 맑은 국물이 끓고 있었고, 아주 맛있어서 까다로운 귀족 주인도 만족하면서 상을 내렸다고 하죠. 콩소메 수프의 시작입니다. 그런데 재료 준비부터 불 조절까지 신경쓸 일투성이라 우연히 만들어질 수 있을지 의심이 들기도 합니다.

콩소메 수프는 여러 고명을 얹는데, 이번에는 깔끔하게 당근과 셀러리만 잘라서 데쳐 넣었습니다. 만드는 과정도 그렇고 결과물도 수프보다는 차에 가까워요. 고기 누린내도 나지 않고, 국물도 보리차처럼 투명하죠. 한국에서 찾기 힘든 이유도 알 듯합니다. 고기와 채소를 잔뜩 넣고 오랜 시간 수고를 들였는데 결과물은 희멀겋다 못해 투명한 수프가 전부니까요.

겉보기하고 다르게 마셔보면 깊은 고기 맛이 납니다. 처음 콩소메를 맛보는 사람은 인지 부조화가 일어날지도 모르겠네요. 음식은 모양과 향, 맛이 복합적으로 작용하는 법인데, 콩소메는 투명한 국물에 고기 냄새는 별로 나지 않으면서 고기 맛만 나니까요. 딱 한 숟가락만 입에 넣어도 닭 육수와 소고기의 복잡한 풍미가 혀 전체를 코팅하며 스며듭니다.

묵직한 존재감을 자랑하는 다른 걸쭉한 수프들하고 다르게 콩소메의 여정은 여기서 끝나지 않습니다. 물만 넣기에는 밋밋하고 일반 육수를 사용하기에는 기름기가 부담스러운 섬세한 고급 요리의 밑 재료로 쓰이기 때문입니다.

요리학교라는 머나먼 여정을 시작하는 메뉴로 딱 알맞네요. 수수하기는 하지만 정성을 쏟아 다음 단계로 나아갈 준비가 돼 있는 음식이니까요.

추억은 둥글둥글,
소시지와 콘도그

시아이에이 학생들은 대부분 기숙사에서 생활합니다. 미국에서 가장 유명한 요리학교라서 다른 주나 외국에서 온 학생도 많기 때문이죠. 통학이 편리하고, 치안이 좋고, 온갖 관리비가 무료인데다가, 수업 시간 말고도 함께 밥을 해 먹으며 요리 아이디어를 공유할 수 있어 장점이 많습니다. 저는 기숙사가 아니라 학교 근처에 집을 따로 구해야 했지만요. 미국 생활을 몇 년째 이어가던 중이라 가재도구가 너무 많았죠. 방학 때는 기숙사를 비워야 하는데 그때마다 산더미 같은 짐을 짊어지고 이사를 할 수는 없었습니다. 내 도구로 수업 시간에 배운 내용을 복습할 수 있다는 장점도 있었습니다. 이를테면 정육과 고기 가공 수업에서 배운 소시지를 다시 만들 수도 있었죠.

옛날에는 정육점에서 안 팔리는 자투리 고기나 내장 등을 모조리 갈아 소시지를 만들었지만, 요즘 사람들은 입맛 수준이 높아져서 좋은 고기를 써 제대로 만들어야 합니다. 어떤 고기를 사용하는지는 레시피마다 다르지만 보스턴 벗^{boston butt}이라는 어깨살이 가장 많이 사용됩니다. 보스턴의 정육업자들이 잘 팔리지 않는 어깨살을 '버티스^{butties}'라고 부르는 나무통

233

1 정육점에서 사 온 보스턴 벗. 직접 고기를 손질하는 작업은 힘들면서도 재미있습니다.

2 손질한 고기 분량에 맞춰서 다른 재료들을 준비합니다. 살코기 1.8킬로그램에 지방 750그램을 기준으로 양파 1개, 소금 40그램, 설탕 15그램, 후추 7그램, 파프리카 7그램, 이탈리아식 시즈닝 30그램을 썼습니다.

3 고기를 향신료에 잘 버무린 다음 그라인더로 갑니다. 굵게 한 번, 양파와 함께 가늘게 한 번 간 뒤 반죽을 조금 떼어 구워서 맛을 봅니다. 취향에 맞게 소금이나 후추, 설탕을 넣습니다.

에 넣어 보관하면서 이런 이름이 붙었죠. 나라마다 고기 자르는 방식이 달라서 미국의 어깨살 부위는 한국의 목살에 해당합니다. 대형 마트를 몇 군데 뒤졌지만 흔하게 먹는 부위가 아니라서 보스턴 벗은 팔지 않았습니다. 30분 정도 운전해서 간 정육점에서 겨우 구할 수 있었네요. 정육점보다 고기도 파는 소시지 전문점에 가까웠지만요. 온갖 소시지 대회에서 탄 트로피가 진열돼 있더군요. 고기 품질도 아주 좋습니다. 돼지 어깨살인데도 마블링이 환상적이었어요.

소시지를 만드는 황금 비율은 '고기 7'에 '지방 3'입니다. 지방이 너무 적으면 퍽퍽하고, 지방이 너무 많으면 기름기가 줄줄 흐르죠. 근막을 제거하고 고기를 조각내면서 지방은 따로 모아 무게를 쟀는데, 고기보다 지방이 부족합니다. 이럴 줄 알았으면 정육점에서 돼지기름만 좀더 얻어올 걸 그랬네요.

어쩔 수 없이 살코기에서 마블링이 잘 박힌 부분은 따로 스테이크로 구워 먹기로 하고 잘라낸 뒤 지방 무게에 맞춰서 나머지 고기를 활용합니다. 양념은 기본인 소금과 설탕, 후추가 들어가고, 이탈리아식 소시지를 만들 파프리카와 이탈리아식 시즈닝이 추가됩니다. 어떤 양념과 부재료를 넣느냐에 따라서 수십, 수백 가지 소시지를 만들 수 있습니다.

반죽기에 고기 그라인더 액세서리를 붙이고 돼지고기를 굵게 한 번 갈아줍니다. 고기를 가는 중간중간 얼음을 넣어 기계를 식히고 수분을 보충합니다. 두 번째 갈 때는 곱게 가는데 양파도 함께 갑니다. 풍미를 더하고 고기를 부드럽게 하죠. 이

1 케이싱(소시지 껍질)을 잘 씻고 물에 불립니다. 다 불린 케이싱을 소시지 충진기에 끼워서 고기 반죽을 채웁니다.

2 똑같은 속도로 케이싱을 빼면서 고기를 채워야 소시지 두께가 일정해집니다. 꼬아놓기 전의 소시지는 겉모습이 순대하고 다르지 않습니다.

렇게 다진 고기는 소시지로 만들기 전에 조금 구워서 맛을 봅니다. 소시지로 만든 다음에는 간이 안 맞아도 고칠 방법이 없으니까요. 살짝 짠 듯해 설탕을 넣으니 간이 딱 맞습니다. '소시지 만들지 말고 그냥 뭉쳐서 미트볼이나 햄버거를 만들까' 하는 유혹이 강하게 드네요.

반죽기에서 고기 믹서를 떼고 소시지 기계를 붙입니다. 물에 불려서 소금기를 씻은 소시지 껍질을 끼웁니다. 소시지용으로 가공된 돼지 창자죠. 구우면 바삭해지는 식감이 일품입니다. 양 창자도 써보고 싶은데, 냉장고에서 잠자던 돼지 창자부터 깨워야 합니다. 학교에서 실습 시간에 쓴 소시지 기계는 상업용답게 무시무시하게 빠른데, 반죽기 액세서리는 이 속도를 못 따라갑니다. 반죽기는 다용도 도구라서 한 가지 용도에 특화된 도구의 효율성을 따라가기가 힘들죠.

몇몇 레스토랑은 속을 다 채운 뒤 둘둘 말아놓은 소시지를 통째로 구워서 잘라 팔기도 합니다. 그래도 일정 간격으로 꼬아서 만든 흔히 보는 소시지가 요리하거나 먹을 때 훨씬 편하죠. 소시지를 꼬는 방법도 여럿인데, 숙련된 소시지 장인은 기다란 소시지도 눈 깜짝할 사이에 다 꼬아버립니다. 저는 아직 초보자여서 가장 기본적인 방법으로 천천히 하나씩 꼽니다.

공기 제거 작업도 빼먹으면 안 됩니다. 고기를 케이싱 안에 밀어 넣다 보면 중간중간 공기가 들어가는데, 뾰족한 꼬챙이나 바늘로 구멍을 내서 공기 주머니를 없애야 합니다. 공기 주머니가 있는 채로 요리하면 보기도 흉하고 식감도 나빠집니다.

1 소시지를 일정한 간격으로 꼽니다. 끈을 써서 묶기도 합니다. 끓는 물이나 증기에 15분 정도 익혀서 초벌 조리를 합니다.

2 어떤 훈제용 나무 칩을 쓰느냐에 따라 소시지의 풍미가 마법처럼 달라집니다.

이번에 만든 소시지는 오랫동안 보관할 예정이라 한 번 요리를 합니다. 끓는 물에 15분 정도 데쳐 소시지 내부 온도가 70도를 넘게 가열하죠. 다 익은 소시지는 맛을 봅니다. 하나만 먹어야지 마음먹었는데도 정신을 차리면 서너 개씩 없어져 있죠. 처음 소시지를 만든 때는 간신히 다섯 개를 남겨 훈제한 아픈 기억이 있습니다. 이번에는 넉넉하게 만들었으니 다행이죠.

사과나무 칩에 불을 붙여서 연기를 피워 소시지를 훈제합니다. 조그만 그릴에 다 올라가지 않아 두 번에 나눠서 작업했습니다. 한 번은 2시간 하고 다른 한 번은 4시간 훈연했습니다. 짧게 훈제한 소시지는 핫도그나 콘도그 등 다른 요리로 활용할 예정이고, 오래 훈제한 소시지는 그대로 팬에 구워 먹으면 맛있습니다. 술안주로 제격이에요.

소시지를 만든 김에 콘도그도 튀기기로 합니다. 소시지를 반죽에 묻혀 튀긴 음식은 원래 콘도그라고 해요. 한국에서는 핫도그라고 부르지만, 미국에서는 길쭉한 빵 사이에 소시지를 끼운 음식이 핫도그입니다. 예전에 백종원 요리연구가가 핫도그 파는 가게 주인에게 물어본 적도 있죠.

"외국 손님도 많이 온다면서요, 그런데 아무도 이게 핫도그가 아니라 콘도그라는 걸 안 알려줬슈?"

막대기에 소시지를 꽂아 튀긴 모습이 옥수수 같아서 콘도그라는 이름이 붙었다는데, 반죽에 옥수수가루인 콘밀을 주로 넣어서 그렇다는 주장이 더 설득력 있습니다. 초창기 콘도그는 막대기가 없었거든요.

1 밀가루 1컵, 콘밀 1컵, 설탕 1/4컵, 베이킹파우더 3작은술, 소금 1/2작은술을 계량해 섞습니다. 가루 재료에 달걀 2개와 우유 1.5컵을 더해 반죽을 만듭니다. 콘도그 8개 정도 분량입니다.

2 길쭉한 컵에 반죽을 채워서 전분 묻힌 소시지를 담그면 얼마 안 되는 반죽으로 낭비 없이 콘도그를 만들 수 있습니다.

밀가루, 콘밀, 소금, 설탕, 베이킹파우더, 달걀, 우유를 섞어 반죽을 만듭니다. 가장 중요한 재료는 콘밀과 베이킹파우더입니다. 콘밀은 콘도그의 거칠한 질감을 만듭니다. 밀가루 반죽으로 소시지를 감싸고 오븐에 굽는 소시지빵은 콘도그라고 하지 않습니다. '담요 속의 돼지pig in the blanket'라는 귀여운 이름으로 부르죠. 베이킹파우더는 반죽을 부풀려서 부드럽게 하고 빵 사이로 공기가 빠져나갈 구멍을 만듭니다. 베이킹파우더 없이 콘도그를 튀기다가 안쪽 공기가 팽창해 터지는 바람에 기름이 튀어 화상 입는 사람들도 있으니 주의해야 합니다.

소시지에 나무 막대기를 꽂고 옥수수 전분에 한 바퀴 굴려서 반죽이 잘 묻게 합니다. 가게라면 커다란 통에 콘도그 반죽을 가득 채워놓지만, 집에서는 재료를 아끼려고 길쭉한 유리컵에 채워서 소시지를 그 안에 푹 담그는 방법을 씁니다.

소시지를 반죽에 묻혀 튀기는 조리법은 기원을 둘러싸고 의견이 엇갈립니다. 먼저 1930년대 오리건 주의 해변에서 핫도그를 팔던 보잉턴 부부가 소나기에 핫도그 빵이 젖어 못 쓰게 되자 빵 반죽을 갖다놓고 그 자리에서 튀겨 팔면서 콘도그가 시작됐다는 이야기가 있습니다. 보잉턴 부부가 만든 '프론토 펍 Pronto pups'은 지금도 미국 전역에 콘도그용 반죽 재료를 공급하는 회사로 남아 있습니다. 콘도그를 프론토 펍이라고 부르는 사람들도 있어요.

다른 이야기로는 1930년대 야구장에서 핫도그 빵이 바닥나자 동네 레스토랑 주인이 남은 소시지에 생선을 튀기려던 반

1 180도 정도의 끓는 기름에 노릇노릇한 갈색이 될 때까지 튀깁니다. 연달아 튀기면 기름 온도가
떨어지고, 너무 오래 가열하면 기름이 탈 수 있습니다.

2 두툼한 소시지가 맛있어 보입니다. 모두 수제로 만들다보니 추억의 불량 식품보다는 레스토랑
느낌이 나는 요리가 됐습니다.

죽을 입히고 튀겨서 팔면서 콘도그가 시작됐다는 이야기도 있습니다. 핫도그는 빵이 그릇인 셈이지만 콘도그는 뜨겁고 기름져 손에 쥘 수 없었죠. 팝콘 봉투나 주머니칼 같은 데 알아서 받아 먹다가 누군가 아이스크림 막대기로 푹 찔러 먹으면서 콘도그가 발명됐다는 주장입니다.

끓는 기름에 반죽을 묻힌 콘도그를 넣고 3~5분 튀기면 완성입니다. 다 튀긴 콘도그는 키친타월에 올려서 기름기를 뺍니다. 갓 튀긴 콘도그를 한입 베어 물면 부드러운 옥수수빵 뒤로 뽀득거리는 소시지 껍질이 느껴지고, 육즙 가득한 소시지의 속살이 드러납니다. 고기의 식감과 은은한 훈연 향까지 곁들여지면 정말 맛있죠.

콘도그라고 불러야 할지 핫도그라고 불러야 할지 고민이 됩니다. 접시에 담아 나오면 레스토랑에서 포크와 나이프로 썰어 먹어야 할 만큼 고급스운 맛이기 때문입니다. 만들기 전에 예상했던 추억의 핫도그 맛은 아닙니다. 쉬는 시간에 선생님 몰래 학교 담장을 넘어가 할머니가 하는 분식집에서 사 먹던, 두꺼운 튀김옷에 분홍빛 어육 소시지가 겨우 반 개 파묻힌 그 핫도그하고는 전혀 다르네요.

디즈니랜드에서도 비슷한 일이 있었다고 해요. 콘도그는 솜사탕이나 츄러스처럼 축제나 놀이공원에서 즐기는 음식의 대명사입니다. 당연히 디즈니랜드에서도 콘도그가 어마어마하게 팔렸죠. 한 요리사가 더 맛있는 콘도그를 개발했습니다. 엄청난 노력 끝에 최고의 콘밀, 최고의 소시지, 최고의 요리법과 최적의 조합을 찾아낸 결과물이었죠. 그리고 그 콘도그는 디즈니랜드 역사에 한 획을 그었습니다. '하루 만에 가장 많은 불평을 받은 새로운 시도'로 말이죠. 관광객들은 어릴 적 피서지나 놀이공원에서 먹던 맛을 원했는데, 아무리 맛이 뛰어나도 추억 보정을 당해낼 수는 없으니까요. 더 좋은 분위기, 더 좋은 맛이 언제나 나은 선택은 아닌 듯합니다. 캠핑 가면 전문점라멘보다 인스턴트 컵라면이 더 어울리고, 길거리 포장마차 떡볶이는 자동차 소음을 배경 음악 삼고 매연을 곁들여 먹어야제 맛이죠.

음식이 전하는 온기,
포보이 샌드위치

시아이에이에서 새로운 수업을 들을 때면 첫날은 언제나 짤막하게 자기소개를 했습니다. 모든 학생이 돌아가며 어디서 왔는지, 장래 희망은 무엇인지 발표했죠. 대부분 졸업하고 나서 어느 레스토랑에서 일하고 싶은지를 이야기했기 때문에 제가 '음식 이야기꾼food storyteller'이 꿈이라고 발표하면 다들 고개를 갸우뚱거렸습니다. 요리책 작가, 맛 칼럼니스트, 음식 잡지 기자, 심지어는 유튜브 음식 채널 운영자까지 구체적으로 하고 싶은 일들을 말하면 그제야 고개를 끄덕였죠. 음식을 먹으며 느끼는 맛뿐 아니라 요리를 배우고 음식 문화를 더 깊이 이해하고 싶어서 시아이에이에 왔다고 하면 수업을 가르치는 셰프도 함께 고개를 끄덕였습니다.

독특한 대답으로 셰프를 감동시킨 일은 좋았지만, 3학기가 시작될 무렵 고민이 생겼습니다. 시아이에이 교육 과정은 5학기로 운영되는데, 3학기는 학교에서 수업을 듣지 않고 협약을 맺은 외부 레스토랑이나 호텔 등에서 인턴 과정을 거쳐야 하기 때문이었죠. 평범한 식당의 인턴 활동으로 만족할 수는 없어서 고심 끝에 푸드 컨설팅 업체를 선택했습니다. 거대 식품

1 레물라드 소스를 먼저 준비합니다. 마요네즈 54.5그램, 라임 폰즈 소스 12.7그램, 다진 렐리쉬 3.5그램, 다진 마늘 2.2그램, 타바스코 소스 9.3그램, 레몬주스 3그램을 섞습니다. 연구실에서 레시피를 개발하며 만드는 소스라 소수점 첫째 자리까지 꼼꼼히 기록했네요.

2 게살 통조림이나 게맛살 50그램, 양배추 30그램, 적양배추 30그램, 레물라드 소스 85그램을 준비합니다. 게살을 찢고 양배추를 잘게 썬 뒤 소스에 섞어 크랩슬로를 만듭니다. 냉장고에 넣어 차갑게 식힙니다.

기업들이 내놓은 신제품 평가부터 다이어트 식단 연구까지 다양한 업무를 해볼 수 있다는 설명이 마음에 들었거든요.

제 결정은 틀리지 않았습니다. 과자 회사의 제품 광고 사진을 찍거나, 쌀 회사가 주관하는 요리 대회에서 심사를 하고, 환자용 냉동식품 레시피를 개발하거나 채식주의자용 햄버거를 만드는 등 재미있는 일이 계속 이어졌으니까요. 타바스코 사의 의뢰를 받아 경기장 음식stadium food을 만든 일도 그런 프로젝트의 하나였습니다. 경기장 음식은 사람들이 스포츠 경기장에서 손에 들고 먹을 만한 음식을 말하는데, 제가 맡은 메뉴는 포보이 샌드위치였죠. 미국 남동부 루이지애나 지역을 대표하는 음식의 하나입니다.

한국에 살 때는 미국 요리라고 하면 햄버거나 피자, 프라이드치킨 정도만 떠올랐습니다. 미국 땅이 얼마나 넓은데 특색 있는 음식이 그 정도일 리가 없죠. 외국 사람이 김치와 불고기, 잡채 정도 먹고 한국 음식 다 먹어봤다고 말하는 모습하고 비슷하죠. 전주비빔밥, 안동 찜닭, 부산 돼지국밥, 포천 이동갈비 등 잠깐만 생각해도 지역 특산 음식이 줄줄 나오는데요.

미국도 자연환경이나 사회적 배경에 따라 다양한 음식 문화가 있습니다. 루이지애나는 노예로 끌려온 흑인들의 아프리카 문화, 원래 프랑스령인 탓에 남아 있는 프랑스 문화, 중남미에서 넘어온 스페인 문화, 아메리카 원주민 문화까지 뒤섞이며 크레올 또는 케이준이라는 독특한 요리 문화가 생겼습니다. 포보이 샌드위치도 그중 하나죠.

마요네즈와 핫소스, 다진 피클을 섞어 레물라드remoulade 소스를 만듭니다. 얼핏 보면 타르타르소스하고 비슷하지만 다진 피클과 매운 향신료가 들어가서 풍미가 독특합니다. 원래는 프랑스 소스인데, 1763년 파리 조약 때문에 캐나다에 살던 프랑스 사람들이 강제로 루이지애나로 이주하면서 미국에 퍼집니다. 세세하게 따지면 레물라드 소스 레시피도 여러 가지가 있는데, 렐리쉬(다진 피클)와 핫소스는 반드시 들어갑니다.

핫소스, 그러니까 매운 소스도 여러 가지죠. 남부의 맛을 중요하게 여기는 사람은 빨간 점이나 수탉 그림이 그려진 루이지애나 핫소스를 꼭 집어서 준비하기도 합니다. 그렇지만 타바스코 사가 의뢰해 만드는 샌드위치라 타바스코 소스를 활용한 레시피를 개발해야 합니다. 구하기 쉽다는 점에서는 타바스코 소스를 따라올 소스가 없죠.

타바스코는 멕시코 남부에 있는 지명입니다. 타바스코 주의 특산품이 매운 고추죠. 그런데 타바스코 소스는 멕시코 사람이 아니라 미국 사람이 개발했습니다. 타바스코 사의 정식 명칭인 매킬레니Mc. Ilhenny는 소스 개발자안 에드먼드 매킬레니의 성이기도 합니다. 남북전쟁 때 남군에게 소금을 팔았는데 북군이 승리하면서 매킬레니가 받은 어음이 모조리 휴지조각이 됩니다. 남은 재산은 창고에 쌓인 타바스코 고추와 팔다 남은 소금뿐. 매킬레니는 이 두 재료를 섞고 숙성해서 매운 소스를 만들었으니, 전세계 소스 시장에 큰 획을 그은 타바스코 소스의 역사가 시작된 순간이었습니다. 1868년 처음 개발된 뒤 150

여 년이 흐른 지금, 타바스코 소스는 오리지널 소스뿐 아니라 여러 제품을 출시하며 핫소스 시장을 장악하고 있습니다.

훈제한 고추로 만든 치폴레, 두 배 매운 스콜피온, 초록색 고추로 만든 그린페퍼, 타이식 핫소스인 스리라차 타바스코 등 타바스코 사에서 나온 여러 제품을 시험하며 레물라드 소스를 만들어봅니다. 마지막으로는 오리지널 타바스코 소스에 폰즈 소스를 섞어서 마요네즈와 렐리쉬에 더한 오리엔탈 퓨전 스타일 레물라드 소스를 만들었죠. 여기에 게살 통조림, 가늘게 채 썬 양배추와 적양배추, 다진 마늘을 넣고 잘 섞으면 게살이 듬뿍 들어간 코울슬로인 크랩슬로가 됩니다. 크랩슬로를 가장 먼저 만드는 이유는 다른 재료를 준비하는 동안 냉장고에 넣어서 차갑게 식혀야 하기 때문이죠.

크랩슬로를 냉장고에 넣어두고 크레올 양념을 준비합니다. 후추와 마늘 가루, 양파 가루는 물론이고 훈제 파프리카 가루, 한국 사람들이 좋아하는 고춧가루도 잔뜩 넣습니다. 짭짤하면서도 매콤하고, 뚝심 있게 올라오는 갖가지 향신료의 풍미가 크레올 양념의 특징이죠. 가재나 생선튀김, 해산물 요리에 잘 어울리는 시즈닝입니다.

루이지애나는 호수나 습지가 많아서 매년 봄 민물 가재가 어마어마하게 잡힙니다. 루이지애나 사람들은 뒷마당에 커다란 솥을 걸고 민물 가재를 양동이 단위로 요리하면서 이 크레올 시즈닝을 듬뿍 뿌려대죠. 단순히 제철 음식을 함께 먹는 수준이 아닙니다. 가족이나 친구들이 모여 안부를 묻고 가재를

1 케이준 요리에 빠지지 않는 크레올 시즈닝은 한 봉지 만들어서 두고두고 사용합니다. 양파 가루 40그램, 마늘 가루 50그램, 말린 오레가노 12그램, 말린 바질 12그램, 말린 타임 6그램, 흑후춧 가루 8그램, 백후춧가루 5.34그램, 파프리카 가루 48그램을 섞으면 완성입니다.

2 냉동 새우 200그램과 크레올 시즈닝 8그램을 지퍼백에 넣고 흔들어 가루를 묻힙니다.

3 팬에 기름을 자작하게 붓고 예열한 뒤 새우를 튀깁니다. 한꺼번에 너무 많이 튀기면 기름 온도가 떨어져서 눅눅하고 기름진 튀김이 될 수 있으니 온도와 시간에 신경을 써야 합니다.

먹는 축제라고 할 수 있습니다. 온 가족이 둘러앉아 송편을 빚으면서 이야기꽃을 피우는 한국의 추석처럼 말이죠.

뉴욕에서는 민물 가재보다 냉동 새우가 만만합니다. 조그만 냉동 새우들을 지퍼백에 담고 크레올 시즈닝을 듬뿍 넣은 다음 신나게 흔들어서 양념을 골고루 묻힙니다. 평범한 튀김 요리를 만든 기름이라면 거름망에 한 번 걸러서 보관하다가 다른 용도로 또 쓸 수 있지만 향신료가 듬뿍 섞인 기름은 재활용할 수 없습니다. 기름을 아끼려고 냄비가 아닌 프라이팬에서 튀김을 합니다. 온갖 향신료가 끓는 기름을 만나면서 색이 배어 나오고 자극적인 냄새가 퍼집니다. 미국 남부 지역에 가본 적이 없어서 아무런 추억이 없는 게 아쉽네요. 루이지애나에서 온 사람이라면 단번에 '고향의 냄새'라고 할 법합니다.

기다란 샌드위치용 빵을 반으로 갈라서 차가운 크랩슬로를 얹고 새우튀김을 넉넉하게 올린 다음, 가늘게 썬 양상추와 토마토 슬라이스를 토핑합니다. 이미 양배추가 듬뿍 들어가서 양상추를 또 올릴 생각은 없었는데, 미슐랭 레스토랑 출신 선임 연구원이 초록 잎채소가 들어가면 더 보기 좋겠다는 의견을 줘서 추가해보니 만족스럽네요. 마지막으로 크랩슬로를 한 번 더 얹으면 쉬림프 포보이 샌드위치가 완성됩니다.

크랩슬로를 두 번 나눠서 올리는 이유는 레물라드 소스에 들어 있는 마요네즈가 재료의 열기나 습기 때문에 빵이 눅눅해지지 않게 막아주기 때문입니다. 크랩슬로는 차갑고 새우튀김은 뜨거울 때 먹어야 제맛을 느낄 수 있습니다. 한마디로 샌

1 기다란 빵을 반으로 갈라 크랩슬로를 올리고 새우튀김을 얹은 다음 채 썬 양상추와 토마토를 끼우고, 크랩슬로를 한 번 더 올립니다.

2 빵을 통째로 들고 먹을 수도 있지만, 경기장에서 먹는 간식이니까 한 입 크기로 자르면 좋습니다. 뜨거운 튀김과 차가운 샐러드가 함께 들어 있는 샌드위치라 만들자마자 먹어야 맛있습니다.

드위치를 만들자마자 바로 먹어야 가장 맛있다는 소리죠. 바삭하고 기름진 새우, 고소하고 부드러운 게살, 소스에 버무려 한 숨 죽어 부드러워진 양배추를 크레올 시즈닝과 레물라드 소스가 아우릅니다. 먹기 좋게 꾹꾹 눌러서 잘라 한 조각을 맛봅니다. 먼저 재료들마다 지닌 독특한 식감이 느껴지고 그다음 맛이 혀에 배어듭니다. 요리할 때부터 주방을 가득 채운 크레올 양념의 향기도 코에 다가오네요. 지금 막 조리한 재료들을 잔뜩 넣어서 만들었으니 맛이 없으래야 없을 수 없습니다.

이 맛있는 샌드위치는 뉴올리언스의 한 식당에서 비롯됐습니다. 노면 전차(지상에서 움직이는 조그만 전철) 승무원이던 베니와 클로비스라는 두 친구가 회사를 나와서 차린 조그만 식당이었죠. 그런데 1929년에 전차 회사를 상대로 대대적인 파업이 일어납니다. 몇 개월 동안 파업이 진행되면서 월급을 제대로 받지 못한 직원들은 생활이 어려워졌고, 옛 직장 동료들의 상황을 안타깝게 여긴 베니와 클로비스는 가게에서 샌드위치를 만들어 무료로 나눠주기 시작했죠. 식당 종업원들이 배고픈 전차 회사 직원들을 보면서 '불쌍한 친구들poor boy'이라고 말했다고 합니다. 그 뒤 가난한 사람들이 빵 한 조각을 들고 식당 뒷문을 돌아다니며 구걸하기 시작했답니다.

"이 불쌍한 사람이 빵 위에 얹어 먹을 음식 좀 얻을 수 있을까요?"

여기에서 포보이 샌드위치라는 말이 시작됐다고 해요. 불행한 사람을 돕는 방법으로 음식을 나누는 일만큼 가슴에 와 닿는 일도 없습니다. 안 좋은 일이 생겨서 몸과 마음이 고달픈데 배까지 고프면 서러움은 몇 배로 커지게 마련이니까요. 혼자 사는 사람이 가장 서러운 순간이 감기에 걸려도 죽 한 그릇 끓여줄 사람이 없을 때라는 말도 있죠. 그저 죽 한 그릇이 아니라 누군가가 나를 걱정하고 보살핀다는 느낌, 이 세상에 나 혼자가 아니라는 든든함에서 오는 긍정적인 마음이 큰 힘이 되기 때문일 겁니다.

사회로 범위를 넓혀도 마찬가지입니다. 9·11 테러가 터지자 뉴욕에 있는 레스토랑들이 영업을 멈추고 소방관과 경찰관들에게 무료로 음식을 줬죠. 한국도 독거노인들에게 무료 도시락을 드립니다. 통장에 돈을 넣거나 우편으로 복지카드를 보내면 인력이나 비용, 시간을 아낄 수 있어도 외롭고 가난한 사람들에게 온기가 전해지지는 않죠. 돈이 최고라는 자본주의 사회이지만, 누군가를 보살피고 생각하는 마음은 지폐가 아니라 손으로 건네는 음식을 통해 전해지는 법이니까요.

대통령과
버섯 수프

몇 년 전, 뛰어난 요리 솜씨와 찰진 욕설로 유명한 요리사 고든 램지가 한국 맥주 광고를 찍었습니다. 한국 맥주는 맛없다는 게 대중의 인식이었는데, 세계 정상급 요리사가 그런 맥주를 맛있다며 시원하게 들이키는 광고를 보면서 자본주의의 힘이 무섭다고 말하는 사람도 많았죠.

'광고비를 얼마나 받을까? 저런 셰프들은 돈을 얼마나 벌까?' 이런 생각이 저절로 떠오릅니다. 요리 솜씨가 아니라 재산 규모로 셰프 랭킹을 매긴 표를 찾아보기도 했죠. 집계 기준에 따라 순위가 달라지지만 제이미 올리버나 고든 램지처럼 유명 요리사들 사이에 낯선 이름 하나가 항상 끼어 있었습니다.

"폴 보퀴즈? 이 할아버지는 누구야?"

현대 프랑스 요리계의 교황, 레지옹 도뇌르 훈장을 받은 최초의 요리사, 가장 오랜 세월 동안 미슐랭 별 세 개를 놓치지 않은 남자 등 숱한 찬사가 뒤따르는 업계의 거물을 그렇게 우연히 알게 됐습니다. 물론 보퀴즈를 알고도 '보퀴즈가 만든 요리를 한번 먹어보고 싶다'고 생각했지, 보퀴즈의 이름을 딴 레스토랑에서 요리하는 상상은 전혀 못했죠.

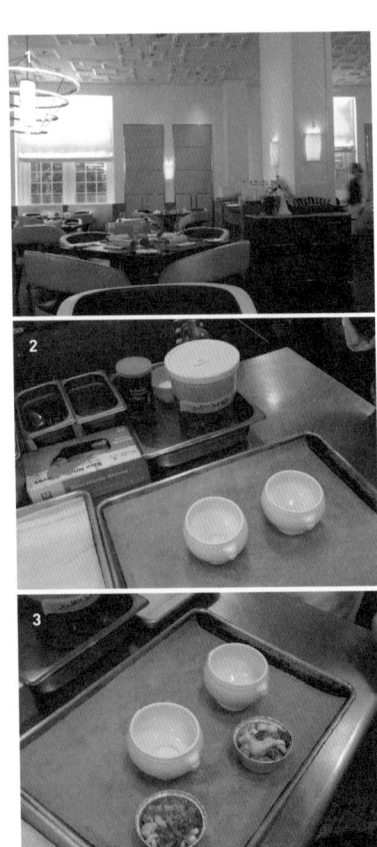

1 보퀴즈 레스토랑. 본격적인 파인 다이닝을 경험하는 장소입니다.

2 플라스틱 통에 든 수프 국물은 초라해 보이지만, 고급 재료를 듬뿍 넣어 오랜 시간과 갖은 노력을 쏟은 결과물입니다. 한 번 만들 때마다 화이트 스톡 57리터, 트러플 주스 8캔, 소고기 4.5킬로그램, 소뼈 18킬로그램, 미르포아 3.6킬로그램, 노일리 프랫 4병이 들어갑니다.

3 시간을 아끼려고 고기와 채소, 버섯을 미리 잘라 수프 1인분에 들어갈 만큼 나눠 담아놓습니다. 얼마나 똑같이 네모반듯하게 자르느냐가 관건입니다.

세계 3대 요리학교라는 이름에 걸맞게 시아이에이 뉴욕 캠퍼스에는 여러 레스토랑이 있습니다. 그중에서도 보퀴즈 레스토랑은 교육 과정의 마지막 단계에서 그동안 배운 내용을 총동원하는 시험의 장입니다. 학기를 시작하기 전 어떤 메뉴를 담당하고 싶은지 설문 조사를 하는데, 저는 두 번 생각하지 않고 수프 스테이션을 1지망으로 적었습니다. 보퀴즈 레스토랑의 대표 메뉴가 트러플 수프이기 때문이었죠.

수프 만들기는 육수 내기부터 시작합니다. 맹물보다는 채소 육수를 우려내면 맛의 깊이가 달라지기 때문입니다. 기본을 중시하는 레스토랑이라면 식당 한쪽 구석에 언제나 커다란 육수 냄비가 부글부글 끓고 있죠. 보퀴즈의 트러플 수프라면 국물 만드는 정도만 해도 작업을 여러 단계 진행해야 합니다.

기본은 화이트 스톡이라는 소뼈 육수입니다. 소뼈와 채소, 허브를 여덟 시간 넘게 끓이죠. 그나마 화이트 스톡은 갓 들어온 신입생들이 전담해서 만듭니다. 첫 학기 때는 매일 수십 리터씩 만드는 닭뼈 육수, 소뼈 육수, 채소 육수가 다 어디로 가는지 궁금했는데, 학교 곳곳의 주방으로 분배돼 다른 요리의 밑 재료로 쓰인다는 사실을 알고 뿌듯해한 적도 있었죠.

화이트 스톡을 해결해도 할 일이 끝나지는 않습니다. 소고기 사태를 구운 뒤 그 위에 화이트 스톡을 붓고 사골을 더해서 또 끓입니다. 한 시간 반 정도 약한 불로 끓여 부드럽게 익힌 고기를 건진 다음, 거른 육수에 노일리 프랫 네 병과 트러플 주스 여덟 캔을 부어 졸이면 트러플 수프 육수가 완성됩니다.

레스토랑 문을 열기 전, 수프 볼에 고명과 국물을 담고 파이 반죽을 동그랗게 잘라 뚜껑을 씌웁니다. 달걀물을 바르고 고급 소금을 뿌리면 준비 끝입니다.

레시피를 처음 보고 두 눈을 의심했죠. 트러플 주스야 송로버섯 캔을 따면 나오는 버섯 국물을 활용하면 되지만 프랑스산 최고급 베르무트Vermouth(와인에 허브와 향신료를 넣어 숙성한 강화 포도주)인 노일리 프랫 네 병이 통째로 들어간다니 원가 상승하는 소리가 천둥처럼 울려 퍼집니다. 비싼 와인이 들어가서 그런지 향기는 말할 수 없이 좋지만요. 다 만든 육수는 커다란 컨테이너에 채운 뒤 필요한 만큼만 덜어서 준비합니다.

수프에 들어가는 고명은 준비하기가 오히려 쉽습니다. 육수 만들 때 쓴 소고기, 당근, 뿌리 샐러리를 네모반듯하게 썰어서 이미 얇게 썬 트러플과 만가닥버섯의 머리 부분만 모아 섞어주면 끝이니까요. 그래도 방심해서는 안 됩니다. 주사위 모양으로 자르는 건 쉽지만 그 크기가 들쭉날쭉한지 자로 잰 듯 정확한지에 따라 일반 식당과 최고급 식당이 갈리기 때문이죠. 이런 소소한 작업 때문에 그렇게 큰 차이가 나다니 이해하기 어렵기도 하지만, 수능 시험도 겨우 몇 점 차이로 인생이 바뀌듯 노력을 약간만 더 하면 세상의 인정을 받을 수 있죠.

요리를 배우면서 얻은 교훈은 무조건 최고의 맛을 추구하는 방식이 능사가 아니라는 사실입니다. 시간과 예산을 무한정 들이면 가장 맛있는 요리를 만들 수 있지만 현실에서는 힘드니까요. 음식의 질을 유지하면서도 최대한의 이익을 얻을 수 있게 효율적인 선택을 해야 합니다. 이를테면 트러플 수프의 덮개로 쓰는 파이 반죽을 직접 만드는 대신 냉동 제품을 사서 쓰듯이 말이죠. 장인 정신을 발휘해 직접 밀가루와 버터를 섞어 반죽하면 좋겠지만, 냉동 파이 껍질이 더 값싼데다가 손님들도 대부분 차이를 알아차리지 못한다면 수제 파이 반죽을 고집하는 태도는 레스토랑 경영자로서 자격 미달이죠.

그렇지만 수프에 넣는 트러플을 통조림으로 사용하는 문제는 아쉬움을 감출 수가 없었습니다. 트러플, 또 다른 말로 송로버섯은 세계 3대 진미라는 타이틀 덕에 고급 식재료의 끝판왕 취급을 받는 귀하신 몸입니다. 호불호도 극단으로 갈리는데, 이끼 덮인 검고 축축한 흙에 휘발유를 쏟은 듯한 냄새가 나기 때문일 겁니다. 제가 이렇게 설명하면 듣는 사람들은 다들 냄새가 왜 맛있느냐고 질문하는데, 진짜 흙냄새가 아니라 이렇게 표현할 수밖에 없는 독특한 매력을 지닌 향기입니다.

비슷한 고급 식재료인 철갑상어 알은 소금에 절여 보관할 수 있고, 푸아그라는 거위 농장에서 1년 내내 생산할 수 있습니다. 그렇지만 트러플은 화학적으로 합성한 인공 향이 아니면 대체할 재료가 없고, 제철이 지나면 구하기도 힘들어서 훨씬 더 귀합니다. 값싼 중국산도 킬로그램당 십 몇 만 원을 호가하고 프랑스나 이탈리아산은 300만 원이 넘습니다. 커다란 트러플은 보물급으로 취급받아 경매장에서 '억' 소리 나는 가격에 거래된다고 해요.

불행하게도 트러플 향기를 아주 좋아해서 레스토랑 메뉴에 트러플이 있으면 꼬박꼬박 비싼 추가 요금을 내서 먹습니다. 곧바로 가벼워진 지갑에 울상을 짓게 되지만요. 보퀴즈 레스토랑 수업을 시작할 때는 기대가 컸습니다. 드디어 트러플을 원 없이 먹어보겠구나 생각했으니까요. 막상 주방에 들어가니 트러플 깡통만 산더미처럼 쌓여 있었죠. 수프 국물과 건더기를 그릇에 넣고 파이 껍질을 덮을 때마다 큼지막한 프랑스산 트러플을 한 손에 들고 전용 슬라이서로 갈아 넣는 상상을 했는데, 산산이 무너져버렸어요.

"셰프, 왜 신선한 트러플이 아니라 통조림입니까!"

"통조림을 써도 한 국자에 1만 5000원을 받아야 하는데, 신선한 트러플을 넣으면 4~5만 원씩이야. 누가 사 먹겠냐."

수프에 향을 내는 목적이라면 생 트러플이나 통조림 트러플이나 큰 차이가 없다는 말이었습니다.

요리를 배우면서 얻는 또 다른 교훈은 속도가 품질만큼 중요하다는 사실입니다. 레스토랑 손님은 15분 넘게 기다리지 않는다는 말이 있을 정도니까요. 문을 열고 들어와 자리 안내 받고, 음료 주문하고, 애피타이저 먹고, 메인 요리를 먹고, 디저트 먹고, 계산서 받고 나가는 과정의 사이사이마다 15분 이상을 기다리게 만들면 곧바로 항의하게 된다는 법칙이죠. 일단 주문을 받으면 시간을 상대로 전쟁이 시작됩니다. 그나마 메인 요리 담당은 손님이 애피타이저를 먹는 동안 준비할 여유가 있지만, 수프 스테이션은 주문이 들어오자마자 요리를 시작해서 늦어도 10분 안에 음식을 내보내야 합니다.

최대한 준비를 많이 해야 합니다. 그릇에 육수와 건더기를 담고 파이 껍질을 씌운 다음 달걀 물을 바르고 프랑스산 고급 소금을 뿌립니다. 십여 그릇 정도 오븐에서 초벌구이를 한 다

그날그날 예약 상황에 맞춰 수프를 초벌구이해야 합니다. 오븐을 212도에 공기 순환률 80퍼센트로 맞춰 9분간 굽고 식힙니다. 주문이 들어오면 4분을 더 구워서 서빙합니다. 세세한 숫자를 보니 이 조리법을 알아내려고 여러 차례 시도한 듯합니다.

음, 주문 들어오는 개수에 맞춰 오븐에 넣고 다시 한 번 구워서 완성하죠.

주문 상황을 보다가 모자라겠다 싶으면 초벌구이를 더 하죠. 들어오는 손님마다 트러플 수프를 주문하는 비상사태가 벌어져 냉장고에서 재료를 들고 와 그 자리에서 파이 껍질 썩워가며 만든 때도 있습니다. 큰솥에서 끊임없이 끓이다가 한 국자씩 퍼서 주면 좋으련만, 수프 위에서 증기의 힘을 받아 부풀어 오르는 파이 껍데기는 그런 편법이 불가능하게 만듭니다. 계속 굽다가는 홀라당 타버릴 테니까요.

트러플 수프가 보퀴즈의 대표 메뉴라서 주문도 정신없이 많이 들어옵니다. 타이머를 여러 개 돌려가며 트러플 수프를 만듭니다. 다른 수프 두 가지도 한꺼번에 담당해야 해서 요리 게임 속 캐릭터처럼 바쁘게 움직여야 합니다. 이렇게 눈코 뜰 새 없이 일하다가 정해진 동작만 되풀이하는 톱니바퀴가 된 기분이 들 때도 있습니다.

통계를 보면 시아이에이를 무사히 졸업하는 비율은 70퍼센트 정도 됩니다. 기계적 작업을 반복하는 자기 모습이 텔레비전에서 보던 화려한 요리사에 비교되면서 많은 학생이 중간에 포기하는 듯합니다. 그 소박한 과정이 트러플 수프하고 비슷하다는 생각도 들고요. 채소를 썰고 오랫동안 육수를 끓여 만드는 요리에서 화려함은 찾기 힘듭니다. 완성된 모습도 고작 껍질이 부풀어 오른 둥근 빵일 뿐이죠. 술을 뿌리고 불을 붙여 탄성을 자아내는 플람베 기술이나 활짝 핀 꽃처럼 다채로

완성된 트러플 수프는 명성에 견줘 초라합니다. 빵 덩어리 한 개를 크기가 안 맞는 그릇에 올려놓은 모양이네요. 그러나 파이 껍질을 뜯는 순간 감미로운 트러플 냄새가 솟아오릅니다. 그야말로 엄청난 힘을 숨긴 고수의 풍모라 할 만합니다.

운 색깔로 화려하게 접시에 담은 요리에 견주면 소박하다 못해 초라합니다.

별 볼 일 없어 보이는 이 수프 한 그릇은 폴 보퀴즈가 고심 끝에 프랑스 대통령에게 대접한 요리입니다. 발레리 지스카르 데스탱Valéry Giscard d'Estaing 대통령의 머리글자를 따서 '베제어V. G. E. 수프'라고 부르기도 하죠. 지금은 많이 바뀌었지만, 그 무렵에는 대통령의 권한이 아주 강해서 오죽하면 '프랑스의 모든 국민은 왕이고, 그 왕들이 투표로 뽑은 황제가 프랑스 대통령이다'는 말도 있었죠. 베제어 트러플 수프는 '요리계의 교황이 만들어서 프랑스 선출직 황제에게 대접한 음식'이라는 거창한 수식어를 붙일 수 있겠네요.

화려함의 대명사인 프랑스 요리계, 그중에서 최고라는 폴 보퀴즈가 일생일대의 중요한 손님을 맞아 내놓은 대표 음식은 투박한 수프 한 그릇이었습니다. 장인 정신을 발휘해 음식 재료를 반듯하게 썰고, 수도승의 자세로 뜨거운 불 앞에서 인내하며 국물을 끓이고, 먹는 사람을 생각하며 정성스럽게 준비하는 마음가짐이 그 한 그릇에 잘 드러나기 때문입니다. 정말 잘 만든 요리는 먹는 사람을 감동하게 할 뿐 아니라 만드는 사람도 구도자의 수행 같은 요리 과정을 통해 인간적으로 성장합니다. 요리를 통해 자기를 갈고닦을 각오를 한 학생이 70퍼센트나 된다니, 그렇게 낮은 수치는 아니네요.

겉은 바삭하고 속은 수증기를 머금어 촉촉해진 파이 껍질을 숟가락으로 찢으면 따뜻한 김과 감미로운 향기가 피어오릅니다. 항아리에 온갖 좋은 재료를 넣고 뚜껑을 밀봉한 뒤 오랜 시간 끓여서 만드는 불도장이 떠오르네요. 뚜껑을 열면 좋은 향기가 멀리 퍼져 오랫동안 수행한 스님도 담을 넘어올 정도라고 하죠.

트러플 수프도 파이 껍질 아래로 한 국자 정도만 보이는 투명한 국물에서 나온다고는 믿기 어려울 정도로 풍부한 향기를 뿜어냅니다. 한 숟가락 떠서 입에 넣으면 버섯과 고깃국의 감칠맛이 향기에 실체를 부여합니다. 뜨거운 국물이 입안을 한 바퀴 돌아 목구멍으로 내려가도 아직 끝나지 않았다는 듯 탄성하면서 내뿜는 숨결에 송로버섯의 여운이 맴돕니다.

시아이에이 생활을 마무리하는 마지막 요리가 트러플 수프라는 사실이 의미심장합니다. 들어와서 처음 들은 '요리의 기초' 수업도 투명한 콩소메 수프였으니까요. 색이 진한 점을 빼면 크게 다르지 않아 보이는 요리이지만 콩소메와 트러플 수프가 지닌 위상은 메뉴판에 적힌 가격만큼 다릅니다. 콩소메 수프를 만들던 나와 트러플 수프를 만드는 지금의 나를 비교하면 무협 소설의 한 대목이 떠오릅니다.

석소봉이 용유진에게 처음 가르쳐 준 것은 일선보一線步였다.

"일직선으로 걷는 법부터 배우라는 거다."

……

석소봉이 가르쳐준 두 번째 보법은 양의보兩儀步였다. 이

266

름이야 거창하지만 사실 좌우로 움직이는 법이었다.

"일선보나 열심히 해보겠습니다."

"아니, 이번엔 삼재보三才步를 익히자."

"일이삼으로 나간다. …… 재미있군요. 몇 번까지 하는
겁니까?"

농담 삼아 던진 질문에 석소봉은 의외로 진지하게 대답
했다.

"사상四象, 오행五行, 육합六合, 칠성七星에 팔괘八卦, 마지막
으로 구궁보九宮步다. 거기까지 익히면 더 배울 보법은
없어. 여타의 다른 것은 다 이 아홉 가지에서 변형된 것
이다. 숫자가 더 나간다고 좋을 것도 없지. 결국엔 일선
보로 다시 돌아가는 것이 바른길이다."

"아예 일선보만 하면요?"

"도道라는 것이 원래 돌아오는 것이다. 단순한 것에서
복잡한 것으로 나갔다가 다시 단순한 곳으로 돌아오는
데, 처음의 단순함과 나중의 단순함은 다른 것이라는
말이지."

— 좌백, 《독행표》, 1998, 시공사

무협 소설이지만 여느 철학서 못지않게 큰 깨달음을 얻었습
니다. 제 모습을 돌아보면 처음 시아이에이에 입학했을 때보다
달라진 점은 많이 없는 듯합니다. 엄청난 요리 기술을 배우거
나 혀를 단련해 절대 미각의 소유자가 되거나 하지도 않았죠.

그러나 내적인 면에서 본다면 지금까지 가본 적 없는 레스토랑 주방이라는 새로운 세계를 탐험하며 성장하는 보람찬 여정이었습니다. 익숙한 식칼과 냄비에서 출발해서 난생 처음 보는 희귀한 주방 도구까지 손에 익히고, 전세계의 익숙한 요리와 낯선 음식을 만들고 맛보며, 학생식당부터 고급 레스토랑까지 다양한 환경을 경험한 끝에 다시 출발선에 섭니다. 앞으로 또 어떤 일이 제 앞에 펼쳐질지, 어떤 사람들을 만나게 될지, 궁금함과 설렘을 감출 수 없습니다.

마치 트러플 수프를 다 먹고 나면 그다음에 나올 요리가 기대되듯 말이죠.

8만 7600번의 마법

전공을 바꿔 요리를 본격적으로 시작하면서 여러 장애물을 만났습니다. 가장 먼저 마주한 걸림돌은 시아이에이에 입학하는 데 필요한 요리 분야 종사자의 추천서였습니다. 지금까지 쌓아온 인맥은 전혀 소용이 없었죠. 고민 끝에 인터넷 설문지를 만들어 그동안 음식 글을 올린 온라인 커뮤니티들을 돌면서 추천을 해달라고 부탁했습니다. 소셜 미디어 제작자들이 '구독'과 '좋아요'를 한 번만 눌러달라고 아무리 외쳐도 보는 사람들은 추천 버튼 하나 누르기가 쉽지 않다는 사실을 알고 있어서 크게 기대하지 않았습니다. 커뮤니티 글에 달린 링크를 눌러 설문 페이지를 열고 추천 글을 쓰는 귀찮은 작업을 해줄 사람이 얼마나 될까 싶었죠.

사흘 되는 날 1500여 건을 넘어서더군요. 간단한 응원 글부터 종이 세 장은 채울 만큼 긴 '정성 글'까지 다양했습니다. 심지어 영어로 쓴 추천서도 있었습니다. 복권 1등에 당첨되면 이런 느낌일까 싶을 정도로 머리끝부터 발끝까지 찌릿한 감동이 차오르더군요. 입학 담당관도 지금껏 이런 사례는 처음 본다며 놀라워하고, 합격을 넘어 장학금까지 받게 됐습니다.

맺음말을 쓰는 지금, 저는 어느새 요리학교도 졸업하고 한국으로 돌아와 다음 단계를 준비하고 있습니다. 글 쓰는 일은 먹고살기 힘들다고들 하죠. 한술 더 떠서 코로나 바이러스로 요식업이 직격타를 맞다보니 그 둘의 교집합인 음식 이야기꾼의 길은 그야말로 험난합니다.

힘들 때 가끔 입학 원서 쓰면서 받은 인터넷 설문 결과지를 꺼내 읽으면 오늘 걷는 이 길이 맞는 방향이라는 생각을 하게 됩니다. 걷는 사람도 행복하고 그 모습을 보는 사람도 기쁘게 응원한다면, 그만한 가치가 있다는 말일 테니까요. 제가 쓴 어떤 글이 감동적인지 자세히 쓴 추천서도 여럿 떠오릅니다. 그런 글은 저도 다시 찾아 읽게 되죠. 시아이에이를 졸업하고 높아진 눈높이에서 보니 부족한 구석이 많습니다. 단행본으로 묶는 작업을 하면서 손을 봤지만 여전히 미숙해 보입니다. 태생이 단편적 지식과 즉흥적 소재로 엮은 글이니 어쩔 수 없다 싶네요.

자신 있게 말할 수 있는 한 가지는, 그때나 지금이나 요리하는 음식을 향한 애정은 변함이 없다는 겁니다. 단순히 맛있는 음식이 좋아서는 아닙니다. 감각을 일깨우고 추억을 되새기며 더 넓은 세상을 바라보게 만드는 삶의 이유를 접시 위에서 찾을 수 있기 때문입니다. 왜 사느냐는 물음에 사람들은 저마다 다른 답을 내놓습니다. 그렇지만 지금 이 순간에 얼마나 충실하냐에 따라 삶의 밀도는 달라지죠. 출근길 버스 안에서 멍하니 보내는 한 시간은 책이라도 읽으며 보내는 한 시간보다 밀도가 떨어지죠. 음식도 그렇습니다. 기계적으로 씹어 넘기는 한 끼와 감각을 총동원해 맛을 느끼려는 한 끼는 농도가 다를 수밖에 없습니다.

요리를 하면서 들인 정성, 음식에 얽힌 흥미로운 이야기, 이 음식을 먹으면서 겪은 추억 같은 그 모든 요소가 특별한 향신료일 수 있습니다. 그리고 그 약간의 조미료는 식사를 단순히 연료를 보충하는 생존 수단에서 내가 사는 세계에 나만의 색채를 더하는 예술적인 작업으로 끌어올립니다.

인생 80년, 하루 세 끼. 단순히 곱하면 '8만 7600'이라는 숫자가 나옵니다. 한 사람이 평생 음식을 먹을 기회가 대략 8만 7600번이라는 말이죠. 사람마다 조금씩 다르겠지만, 그다지 크지 않은 숫자입니다.

음식에 관련된 내용이라면 영화, 책, 컴퓨터 게임, 레스토랑 리뷰, 인스타그램의 요리 '갬성' 사진까지 참고할 수 있는 자료는 모두 들여다보려 합니다. 8만 7600번으로 제한된 기회를 조금이라도 의미 있게 쓰려고 발버둥쳐야죠. 이 책도 독자들의 입맛을 돋우는 맛있는 이야기가 되면 좋겠습니다. 대충 한끼 때우려던 사람이 편의점 즉석식품 대신 조금 더 수고를 들여 간단한 음식이라도 직접 만들어 먹게 된다면, 그것보다 보람찬 일은 없을 테니까요.

2020년 10월